ro
ro
ro

rororo

Janne Mommsen hat in seinem früheren Leben als Krankenpfleger, Werftarbeiter und Traumschiffpianist gearbeitet. Inzwischen schreibt er überwiegend Romane und Theaterstücke. Mommsen hat in Nordfriesland gewohnt und kehrt immer wieder dorthin zurück, um sich der Urkraft der Gezeiten auszusetzen.

«Bekenntnis zur guten Seite des Lebens.»
Nordkurier

«Erfolgsautor zwischen den Meeren.»
Hamburger Abendblatt

«Er schreibt wunderschöne Liebesgeschichten und alle sind Bestseller.»
Bild

JANNE MOMMSEN

Die Weihnachtsliste

Roman

Rowohlt Taschenbuch Verlag

Veröffentlicht im Rowohlt Taschenbuch Verlag,
Hamburg, Oktober 2024

Covergestaltung Hauptmann & Kompanie Werbeagentur, Zürich
Coverabbildung Kai Würbs
Satz aus der DTL Dorian bei CPI books GmbH, Leck
Druck und Bindung CPI books GmbH, Leck
ISBN 978-3-499-00960-0

Für Rafaela

Das Schicksal mischt die Karten
– und wir spielen
Arthur Schopenhauer

1

Ben kämpfte sich mit seinem Rollkoffer durch die überfüllten Amsterdamer Straßen, was kein Vergnügen war. Von hinten wurde er immer wieder angerempelt, von vorne ausgebremst. Die Adventszeit war für ihn purer Stress: Die Bürgersteige waren ohnehin schon schmal, jetzt hatte man sie zusätzlich mit Buden vollgestellt, in denen Holzarbeiten, Wollsachen und anderes verkauft wurde und fettiges Essen brutzelte. Die Geruchsmischung aus Süßem und Gebratenem verursachte bei ihm permanente Übelkeit. An einem Bierstand dröhnte aus den Lautsprechern laut «Oh jij vrolijke», gesungen von einem Kirchenchor, eine Gruppe betrunkener junger Männer grölte «Last Christmas» dagegen. Seltsamerweise lächelten alle selig zu dem Krach, sowohl die Budenbetreiber als auch die Männer. Vor der allgegenwärtigen kitschigen Weihnachtsmusik gab es kein Entkommen, die Ohren kann man nicht so leicht verschließen. Der Weg zu Bens Wagen war ein einziger Spießrutenlauf, dazu setzte auch noch heftiger Regen ein. Besinnung sah anders aus.

Dabei sehnte er sich durchaus nach dem, was die Adventslieder versprachen: Seligkeit und Freude. Aber wo bitte sehr fand denn die viel besungene stille Heilige Nacht statt? Auf keinen Fall in Amsterdam, da konnten die historischen Grachtenhäuser noch zehnmal extra angestrahlt werden.

Das mattrote alte Cabrio, das ihm sein Arbeitskollege John Cussick für die Fahrt nach Norddeutschland geliehen hatte, fand Ben schließlich wie verabredet in der Nähe vom Frankendael-Park. In den winzigen Kofferraum passte gerade mal eine Aktentasche, deswegen musste er seinen Koffer auf den Beifahrersitz stellen. Die Taschenlampe und den altmodischen Hausschlüssel aus Eisen legte er ins Handschuhfach, beides würde er später brauchen. Seine eins achtzig passten gerade so in den Zweisitzer hinein, seine Haarspitzen berührten leicht das Verdeck. Im Sommer wäre er offen gefahren, jetzt prasselte der Winterregen aufs Dach. Es hörte sich an wie in einem Zelt, hoffentlich war das Auto dicht. Außerdem war es ein Rechtslenker, auf der Autobahn würde Ben sich beim Überholen über den linken Außenspiegel orientieren, aber auf der Landstraße hinter einem Lkw war von der Gegenfahrbahn nichts zu sehen.

Wie immer am Freitagnachmittag wollte alles raus aus der Stadt. Der Boden des Wagens lag nur wenige Zentimeter über dem Asphalt, zu den Rücklichtern der vorausfahrenden Autos musste Ben von seinem niedrigen Fahrersitz hochschauen. Es erinnerte ihn an den Gokart, den er als kleiner Junge gehabt hatte. Die Scheinwerfer waren im Kotflügel versteckt und klappten hoch, als er sie anstellte. Er schaltete sie aus Spaß ein paarmal aus und ein: Augen zu, Augen auf.

Auf der Autobahn Richtung Norden wurde es dann

endlich besinnlich. Der beleuchtete Ausschnitt vor ihm auf dem Asphalt blieb die ganze Zeit gleich, es kam Ben so vor, als stünde er auf der Stelle, während sich die Fahrbahn wie ein Laufband durchzog. Es wirkte beruhigend wie eine Meditation. Plötzlich fiepte im Wageninneren ein hoher Pfeifton, unangenehm laut, fast schmerzhaft. Am Armaturenbrett leuchtete keine Warnlampe auf, der Ton verschwand aber nicht, er hatte sich tief in seinem Ohr eingenistet. Ben war ratlos, ging das von selbst wieder weg? Mit Sicherheit waren es die Nachwirkungen der Adventsmusik. Verzweifelt schaltete er das Radio ein, vielleicht half es dagegenzuhalten. Doch was aus den Lautsprechern waberte, erhöhte seinen Stress noch: Sie spielten einen kitschigen Weihnachtstitel nach dem anderen.

Bens Job in der Amsterdamer Zentrale einer niederländischen Reederei war für ihn nur eine zweimonatige Zwischenlandung, am ersten Weihnachtstag würde er nach Singapur ziehen. Bis vor Kurzem hatte er in Jakarta gearbeitet, auch die Jahre davor war er in Asien und somit weit weg von Weihnachtsfeiern aller Art gewesen. Sie hatten ihm nicht eine Sekunde gefehlt. Der Heiligabend würde dieses Jahr auf eine Nacht im Flughafenhotel hinauslaufen, was ihn nicht störte, für ihn war es ein Tag wie jeder andere. Bens Eltern machten Langzeiturlaub auf Gran Canaria, er würde ausführlich mit ihnen skypen, wie jedes Jahr.

Sein zukünftiges Leben in Singapur hatte er gut vorbereitet, wie zuvor das in Duisburg, Shanghai, Mumbai und Jakarta. Grundvoraussetzung dafür war, dass er mit sich selbst zurechtkam, und das tat er. In Singapur hatte er sich online in einem Sportstudio angemeldet und würde sein Mandarin in einem Intensivkurs auffrischen. Immer, wenn er an einen neuen Ort zog, in dem er niemanden kannte, belegte er solche Kurse. So lernte er gleich zu Anfang Leute kennen: Alle globalen Arbeitsnomaden waren in der gleichen Situation, das schweißte zusammen. Allerdings musste er einräumen, dass an seinen vorherigen Standorten so gut wie niemand als Freund oder Freundin hängen geblieben war. Man kontaktete sich, nachdem man weitergezogen war, eine Weile über soziale Medien, bis man nach und nach vom Bildschirm des anderen verschwand. Er hatte gelernt, das zu akzeptieren, so war das eben.

Ben stellte die Weihnachtsmusik leise, ließ sie aber weiterlaufen. Seine Reise in den Norden passte ihm eigentlich überhaupt nicht in den Kram, er hatte in Amsterdam mehr als genug zu tun. Aber es ließ sich nicht umgehen. Dass er so kurz vor Weihnachten eine Woche freibekommen hatte, grenzte an ein Wunder, immerhin war schon der 8. Dezember. «Du musst deinen Schreibtisch aber trotzdem bis Heiligabend abgearbeitet haben!», hatte ihn sein Chef ermahnt. «Wie du das hinkriegst, ist deine Sache.» Ben nahm es als Herausforderung, wenn der Tag nicht ausreichte, gab es ja noch die Nächte.

Der Regen ließ nicht nach, die Scheibenwischer schafften es kaum, die Scheibe frei zu halten. Nach ein paar Stunden hatte Ben den Hamburger Elbtunnel erreicht. Hinter der Metropole wurde das Land tellerflach. Der Regen ging über in Schnee, ein Meer aus dicken Flocken raste ohne Pause auf die Windschutzscheibe zu, der Wind zerrte am Verdeck. Bald konnte Ben weder Mittelstreifen noch Fahrbahnrand klar erkennen. Er fühlte sich wie in einer Raumkapsel, die durch eine unbekannte Galaxie schleuderte. Nach sieben Stunden Fahrt war er hundemüde, eigentlich brauchte er dringend eine Pause – aber wo sollte er hier halten, mitten im Nichts?

Zum Glück war sein Ziel nicht mehr weit. Die Autobahn ging über in eine zweispurige Bundesstraße. Noch einige Kilometer geradeaus, dann kam der Abzweiger nach Friedrichstadt. Schlagartig hörte es auf zu schneien.

Ben ahnte, was ihn gleich erwartete: eine verschlafene norddeutsche Kleinstadt, schmucklose Rotklinkerbauten, gähnend langweilig.

Doch als er nach Friedrichstadt hineinfuhr, riss er die Augen auf. Was war das? Eine Fata Morgana? Es sah aus, als wäre er wieder dort angekommen, wo er vor ein paar Stunden losgefahren war! Mitten in Nordfriesland durchfuhr er eine niederländische Stadt, durchzogen von Grachten, an denen jahrhundertealte Häuser mit prachtvollen Treppengiebeln standen. Wie war das möglich?

Hin und wieder beleuchtete eine gusseiserne Laterne das Kopfsteinpflaster, das mit feinem Pulverschnee bedeckt war. Auf den Straßen war kein Mensch zu sehen, die Stadt gehörte um diese Zeit anscheinend sich selbst.

Nach wenigen Metern bog Ben auf einen Marktplatz ab, der ihn an ein Gemälde in einem alten Märchenbuch erinnerte. Die hellen Fassaden der prachtvollen historischen Häuser wurden mit Scheinwerfern beleuchtet, Giebel und Sprossenfenster wurden zusätzlich von kleinen Glühbirnen illuminiert. Davor stand ein Weihnachtsbaum mit unzähligen elektrischen Kerzen und bunten Kugeln. Ben ließ die Scheibe herunter. Von draußen hörte er nichts außer dem sanften Wind, es roch nach Holzrauch. Erst jetzt fiel ihm auf, dass der Pfeifton in seinem Ohr verschwunden war.

Das Navi führte ihn in eine dunkle Gasse mit kleinen Häusern. Der Möbelladen, den er suchte, befand sich hinter einem jüdischen Friedhof, direkt an dem Flüsschen namens Treene. Dessen Eisfläche wurde von einem Halbmond sanft beleuchtet. Im Licht der Straßenlaterne tanzten ein paar Schneeflocken. Ben nahm das schlichte weiße Haus mit den kleinen Sprossenfenstern in Augenschein. Auf dem Dachfirst thronte ein Wetterhahn mit rotem Kamm und buntem Schwanzgefieder. Neben der Eingangstür stand eine verwitterte grüne Sitzbank, von der aus man auf den Fluss sah. Ein Firmenschild gab es nicht, anscheinend kannte die Kundschaft den Laden. Hinter dem Schaufenster war ein Schild angebracht, auf dem in handgemalten Großbuchstaben stand:

BASAR AM VIERTEN ADVENT!
EILET HERBEI IN SCHAREN!

Seine Eltern hatten ihn vorgewarnt, er solle in dem Haus keine Schätze erwarten, allenfalls ein paar Bauernschränke vom Flohmarkt, die hier und da nachpoliert waren. Ben hangelte sich aus dem Wagen. Seine Knie waren von der langen Fahrt stocksteif, er streckte sich erst einmal durch. Vom zugefrorenen Fluss kam jetzt ein schneidend kalter Wind, der ihn erschaudern ließ. In diesem Moment fiel ihm ein, dass seine Daunenjacke noch in Amsterdam lag, dort war es viel wärmer gewesen, sodass er nicht daran gedacht hatte, sie mitzunehmen.

Ben zog den Eisenschlüssel und die Taschenlampe aus dem Handschuhfach und leuchtete auf ein verwittertes Emailleschild über der Eingangstür. Darauf waren ein roter und ein grüner Luftballon zu sehen, die versetzt Richtung Himmel schwebten.

Nett, dachte er.

Vorsichtig steckte er den Schlüssel in die Tür, drehte zweimal um und drückte behutsam die Klinke. Die massive, grün lackierte Holztür öffnete sich ächzend, gleichzeitig ertönte eine helle Glocke, die darauf hinwies, dass jemand den Laden betrat. Er kam sich vor wie ein Einbrecher. Er setzte einen Fuß in den dunklen Raum – und zuckte zusammen.

Er wurde bereits erwartet.

2

Der Lichtkegel seiner Taschenlampe strahlte in das aufgeschreckte Gesicht einer Frau, deren große blaue Augen ihm entgegenstarrten. Sie war rundlich, ihre Lippen knallrot geschminkt. Unter einem gelben Tutu mit schwarzen Punkten trug sie eine grüne Seidenstrumpfhose.

Du störst mich!, schien sie ihm zuzurufen. Wenn ich hier tanze, hat niemand Zutritt!

Der Schein seiner Taschenlampe erfasste die durchsichtigen Fäden, die sie an der Decke hielten, ihr Schatten wurde riesengroß. Im Luftstrom der offenen Tür geriet sie in leichte Bewegung. Um ihren Kopf herum schwebten ein Dutzend hölzerne Miniatur-Auslegerboote aus der Südsee mit Segeln aus getrockneten Palmenblättern. Auf einem Tisch unterhalb der Tänzerin lag Blechspielzeug in bunten Farben.

Er ließ das Licht weiterwandern und staunte. Von wegen heruntergekommener Trödelladen – das hier sah aus wie ein riesiger Gabentisch. Antikes und modernes Spielzeug war bis unter die Decke gestapelt, geschmückt mit Lametta und Christbaumkugeln. Sobald Ben etwas erkannte, tauchte dahinter sofort etwas Neues auf. Zwischen einem Feuerwehrwagen und einer aufziehbaren Wildente stand ein Minimotorrad mit Beiwagen, eine Frau mit Ledermütze saß am Lenker, ihr Schal wehte im Fahrtwind. Im Beiwagen saß ein Mann mit Zigarette im Mundwinkel, der sich von ihr chauffieren ließ. Neben afrikanischen Kleinbussen, die aus Coladosen zusammengebastelt waren, hockte ein in die Jahre gekommener Metallroboter aus den Achtzigern mit einer Fellweste über dem Leib. Dahinter stand ein antikes Hochrad, das Ben bis zur Schulter reichte. Auf dem Sattel saß eine Stoffgiraffe, deren Hals bis zur Decke reichte, sie hatte einen roten Umhang mit Strasssteinen umgeworfen. Ihre braunen Augen hatten etwas Unnahbares. Vor ihr in einem weißen Plüschsessel saß ein Typ, der sie bewundernd in den Blick nahm, mit Sonnenbrille im gegelten Haar. Auf dem Boden davor ein kniehohes Holzkarussell mit Pferden, Löwen, Adlern und Wildgänsen.

Als Ben weiterging, streifte er aus Versehen einen hölzernen Garderobenständer. Dabei fiel ihm die Taschenlampe aus der Hand und ging sofort aus. Es war stockfinster im Raum, er sah seine eigene Hand nicht mehr. Bei all den Figuren befiel ihn das Gefühl, dass hier irgendwo jemand war.

«Hallo?», rief er.

Eine Schrecksekunde lang war es totenstill, dann meinte er, die Spielzeugfiguren miteinander wispern zu hören. Schritt für Schritt tastete er sich zurück zur Eingangstür und fuhr die Wand daneben mit der flachen Hand ab. Den Lichtschalter fand er auf Hüfthöhe. Er drückte und staunte erneut. Bunte Lichterketten leuchteten die gesamte Szenerie aus, wie bei einer Strandparty irgendwo im warmen Süden. Ein Weihnachtsbaum drehte sich auf dem Podest im Kreis. Ben lächelte. Er war behängt mit bunt bemalten Papierflugzeugen, einer kleinen Strandliege, Palmen und silbernen Gabeln.

Im Nebenraum befand sich eine Werkstatt. Auf einer Bank lagen Zangen, Drähte und Pinzetten verschiedener Größe, an der Wand waren Schraubenkästen mit unzähligen Fächern angebracht. Eine Motorradlederjacke hing an einem Eisenhaken, sie war dick mit Schaffell gefüttert. An der gegenüberliegenden Wand hingen Dutzende Ansichtskarten aus aller Welt, mit bunten Nadeln an die Tapete gepinnt.

Im hinteren Zimmer des Ladens fand Ben einen hohen Stapel kleiner und größerer Pakete, laut handgeschriebenen Adressschildern sollten sie alle nach Friedrichstadt gehen. Hatte sein Onkel Hein sie zur Post bringen oder selbst ausliefern wollen? Vermutlich Letzteres.

Ben schlängelte sich an den Paketen vorbei zu einer Wand, in die ein hölzerner Alkoven eingelassen war. Links und rechts davor wachten zwei Marionetten wie vor einer Höhle. Der Zauberer auf der einen Seite hatte einen klassischen schwarzen Seidenumhang umgeworfen, auf dem Kopf trug er einen altmodischen Spitzhut. Mit seinem rot-weiß geringelten Stab schien er herbeizaubern zu können, was er wollte. Je nachdem, von welcher Seite Ben ihn betrachtete, wirkte sein Gesicht melancholisch oder fröhlich.

Die hagere junge Marionettenfrau auf der anderen Seite trug eine Metallbrille, ihr dichtes Haar war nur mühsam zu bändigen. An ihr rotes Strandkleid war ein Zettel geheftet. *Für die Insel!*, stand da in steiler Handschrift.

Innen war der Alkoven mit dunkelblauem Samt ausgeschlagen, an der Decke leuchteten kleine Sterne. Auf der Leinenbettdecke lag eine Seifenkiste mit Speichenrädern, sie war mit der Nummer 23 versehen und groß genug, dass ein ausgewachsener Erwachsener darin Platz fand. Auf ihrer Haube lag ein Spielzeugfeuerwehrwagen aus Blech mit ausziehbarer Leiter, daneben ein uraltes Röhrenradio.

Neben dem Alkoven hing ein weiterer Zettel, auf dem mit dickem Zimmermannsbleistift unter der Überschrift «Weihnachtsliste» eine Reihe Namen und Spielzeuge vermerkt worden war. Die meisten davon waren durchgestrichen und abgehakt.

Ben setzte sich auf die Kante des Alkovens und leuchtete mal hierhin, mal dorthin. Überall gab es etwas zu entdecken, Stofftiere, kleine Flugzeuge, irgendwelche Fantasiegebilde. Kaum zu fassen, dass das alles nun ihm gehören sollte. Es war einfach zu viel.

«Na, dann frohes Fest, Ben Stein», murmelte er.

Plötzlich merkte er, dass die lange Fahrt ihm in den Knochen steckte. Gähnend schaute er auf sein Smartphone – schon zehn Uhr abends! Wenn er in Friedrichstadt noch eine Unterkunft finden wollte, sollte er sich umgehend auf die Suche machen. Blöderweise hatte sein Handy kaum noch Akku, der Stadtplan blinkte nur einmal kurz auf, dann verabschiedete sich das Display. Das war ärgerlich, aber keine Katastrophe.

Friedrichstadt war nicht riesig, hier fand er mit Sicherheit eine Pension oder ein kleines Hotel. Er stand auf und wollte gerade losgehen – da wurde er vom Strahl eines Handscheinwerfers geblendet.

«Ich will deine Hände sehen!», brüllte eine Frauenstimme. Die klang nicht nach Spielzeugfigur!

Das Licht schmerzte ihm in den Augen, er konnte nichts mehr erkennen.

«Heh!», protestierte er.

«Die Hände!», kam es jetzt noch lauter.

Zögernd hob er die Arme. «Ich bin nicht bewaffnet!», erklärte er mit schwacher Stimme.

Kaum war er hier, wurde er ausgeraubt. Mehr Pech konnte man wohl nicht haben.

3

Vor ihm stand eine uniformierte Frau, deren lockige hellblonde Haare unter einer Pudelmütze hervorquollen. Sie war ungefähr in seinem Alter. Auf der Mütze stand in weißen Lettern «Polizei», in der Hand hielt sie eine Pistole, die auf ihn gerichtet war. Sie schien zu allem entschlossen. Auf den zweiten Blick passte sie hervorragend zu all dem Spielzeug und den skurrilen Figuren, aber nicht wegen ihres Aussehens oder ihrer Uniform: Nein, Ben hatte noch nie zuvor eine Polizistin auf Schlittschuhen gesehen! Wenn er jetzt wegliefe, käme sie auf den Dingern wohl kaum hinterher, es sei denn, er begäbe sich aufs Eis.

Doch da irrte er gewaltig. Ehe er es kapierte, riss sie ihn herum, eine Sekunde später waren die Hände hinter seinem Rücken und Handschellen angelegt, das erste Mal in seinem Leben! Neben der Polizistin tauchte jetzt ein Mann auf, er trug Pferdeschwanz und keine Uniform, vermutlich ein Zivilfahnder. Auf seiner Nase saß eine randlose Brille. Auch er stakste auf Schlittschuhen – waren die beiden zusammen auf dem Eis Streife gelaufen?

«Was soll das?», beschwerte sich Ben.

Sie stemmte die Hände in die Hüften. «Hast gehört,

dass der Besitzer gestorben ist, was? Und da dachtest du, kannst mal eben den Laden leer räumen.»

«Nein.»

«Ab in U-Haft mit dir!»

Sonst war er mit dem Duzen ja eher locker, aber bei ihr gefiel ihm das gar nicht. «Das ist ein Missverständnis», erklärte er ruhig. «Mein Name ist Benjamin Stein.» Alle nannten ihn nur «Ben», aber in diesem Fall schien sein offizieller Name angebracht.

«Für mich *Häftling* Stein», schnarrte sie.

Fand sie das witzig?

«Heinrich Stein war mein Großonkel.»

«Ausweis!»

«In der Hosentasche», erklärte er.

Die Polizistin hatte keine Scheu, dort hineinzugreifen und sein Portemonnaie herauszuziehen. Sie las, was auf der Ausweiskarte stand. Dann schaute sie hoch. «Ist der englische Wagen da draußen Ihrer?»

Sie war zum Sie gewechselt, interessant.

«Er gehört einem Kollegen.»

«So?»

«Wenn Sie mir die Handschellen abnehmen, kann ich Ihnen meinen Erbschein zeigen.»

Er sah ihr förmlich an, wie es in ihrem Hirn ratterte. Sie brauchte einen Moment, um die Lage zu erfassen, dann nahm sie ihm die Handschellen ab.

«Das hätten wir ja geklärt», sagte sie ohne Bedauern in der Stimme. «Willkommen in Friedrichstadt! Ich bin Hauptkommissarin Esther Seeling.»

Jetzt meldete sich der Pferdeschwanz-Mann zu Wort. «Sorry, Benjamin, seit Herr Stein verstorben ist, habe ich seinen Laden immer im Blick. Das Taschenlampengeflacker erschien mir verdächtig, da habe ich Esther alarmiert. Man weiß ja nie.»

«Bei euch fühlt man sich gleich herzlich aufgenommen», knurrte Ben.

Daraufhin machte die Polizistin etwas, womit er bei einer Beamtin im Dienst nicht gerechnet hätte: Sie ging auf ihn zu, umarmte ihn kurz und sagte: «Tut mir leid.» Die plötzliche Nähe verwirrte ihn umso mehr, als die Frau am Hals sehr gut roch.

Der Typ reichte ihm die Hand. «Stefan Beucker, ich bin der Filialleiter von Herrn Steins Bank, also sozusagen sein Finanzminister.»

«Will sagen?»

«Ich habe die Abwicklung des Ladens zur Chefsache gemacht, damit alles locker über die Bühne geht.»

«Was meinen Sie mit locker?»

Der Mann winkte ab. «Das Sie können wir weglassen, mein Bankinstitut ist nicht so ein spießiger Laden. Das sehen wir in Friedrichstadt nicht so eng, ich bin Stefan.»

Ben fand, das sprach eher *gegen* die Bank. Wer wollte sein Geld schon bei einer «lockeren Bank» anlegen?

Polizistin Esther begab sich auf Schlittschuhen Richtung Ausgang. «Schönen Abend dann noch.»

Beucker lächelte ihm aufmunternd zu. «Wir reden morgen, ja?»

«Worüber genau?»

«Und keine Panik.»

«Ich habe keine Panik», erwiderte er.

«Du kommst hier ohne Verluste raus, dafür werde ich sorgen.»

Beucker drückte ihm seine Visitenkarte in die Hand und folgte der Polizistin hinaus. Durch das Ladenfenster sah Ben das ungleiche Paar im Licht der Laterne die verschneite Böschung zur Treene hinunterrutschen, auf dem Hintern! Dann standen sie auf und fuhren nebeneinander auf dem Eis davon.

Ben hatte seinen Großonkel nur wenige Male in seinem Leben gesehen. Als er sieben war, hatte er ihn mal zusammen mit seinen Eltern besucht. Es war Bens einziges Mal in Friedrichstadt, aber damals existierte der Laden noch nicht. Onkel Hein plante gerade erst, sein neu erworbenes Haus mit alten Möbeln zu bestücken. Ben hatte sich von da an nur diffus erinnert, dass Onkel Hein in irgendeiner alten Stadt in Norddeutschland wohnte. Das Meerschweinchen vom Nachbarsjungen und die Badestelle im Fluss hatten ihn viel mehr interessiert als die alten Häuser.

Wie hatte sein Onkel damals noch ausgesehen? Zwei Meter groß, abstehende Ohren, Knollennase. Sympathische Erscheinung. Er hatte Ben mehrmals unauffällig Bonbons zugesteckt, die er immer lose in seiner Tasche herumtrug. Das ging blitzschnell, ohne dass es jemand mitbekam.

Fünf Jahre später war Onkel Hein dann Heiligabend bei ihnen in Frankfurt aufgetaucht, da war Ben zwölf. An diesen Tag mochte Ben nicht zurückdenken, er hatte sein ganzes Leben verändert. Was nichts mit Onkel Hein zu tun hatte.

Bens Vater hatte ihm erzählt, dass sein Onkel in der ersten Hälfte seines Lebens als Maschineningenieur auf

Containerschiffen gearbeitet hatte. Danach war er nach Friedrichstadt gezogen und hatte sich in diesen Räumen hier seine ganz eigene Welt geschaffen. Ben vermutete, dass er viele Spielzeuge von Reisen mitgebracht hatte, die Masken und geflochtenen Körbe kamen ihm von der Machart her aus Asien bekannt vor, andere Gegenstände hatte Hein wohl selbst gebaut.

Letzte Woche hatte Ben den Brief eines Husumer Anwalts erhalten, der ihm mitteilte, sein Großonkel sei im Alter von siebenundachtzig Jahren verstorben. Er hatte keine Kinder gehabt. Vollkommen überraschend hatte Onkel Hein Ben sein kleines Haus samt Laden vermacht, inklusive Einrichtung und Ware. In dem Umschlag lagen alle nötigen Papiere und der altmodische Eisenschlüssel. Ben sollte den Laden auflösen, weitere Instruktionen würde er in einer Friedrichstädter Pension namens Blomen erhalten.

Obwohl er seinen Großonkel kaum gekannt hatte, erfasste Ben eine tiefe Traurigkeit. Jetzt hätte er ihn gerne kennengelernt, aber es war zu spät.

Zögerlich ging Ben die schmale Holzstiege hoch zu Onkel Heins Wohnung unterm Dach. Er fühlte sich unwohl dabei, in seine Privatsphäre einzudringen. Aber er hatte nun mal alles geerbt und sollte sich kümmern. Es war Onkel Heins Wille gewesen, warum auch immer.

In der engen Wohnung sah es aus wie in einem Lager für Antiquitäten, sämtliche Wände ohne Dachschräge waren mit Bücherregalen vollgestellt, darin Kunstbände aus aller Welt, aber auch Romane. Einzige Sitzmöglichkeit war eine Couch, auf der eine kleine Fläche freigeräumt war. Daneben stand – Ben konnte nur staunen – ein

Schiffspoller als Ablage für Bleistifthalter und Locher. Auf einem alten Schreibtisch türmten sich Papiere.

Behutsam öffnete Ben die Tür zum kleinen Schlafzimmer. Dort stand ein Bauernbett, der Kleiderschrank bestand aus drei Blechspinden, die Onkel Hein mit bunten Stoffresten, Tigerfellimitaten und Seekarten beklebt hatte. Eine tolle Idee, wie Ben fand.

In der kleinen Küche waren die Wände mit blauen holländischen Kacheln bedeckt. Sie zeigten Boote, Blumen, Tiere und Windmühlen. Auch hier hing Spielzeug von der Decke, es schien in der Luft zu schweben. Vor dem Herd stand ein aufgeklappter Wäscheständer, an dem Socken und T-Shirts aufgehängt waren. Dieser Anblick machte Ben traurig. Schlafen wollte er hier auf keinen Fall. Falls Onkel Hein überraschenderweise doch noch wiederkam, wollte er ihm nicht sein Bett wegnehmen. Mit Vernunft hatte das nichts zu tun, das wusste er.

Er ging zurück in den Laden und ließ noch einmal seine Lampe über die Gegenstände kreisen. Was sollte er bloß mit all den Sachen machen, eine schöner als die andere? Verkaufen? Verschenken? Es waren Massen, und er hatte nur eine Woche Zeit! Wie sollte er das schaffen?

Ben zückte den Brief, den er aus Husum erhalten hatte. In der Pension Blomen würde er also weitere Instruktionen erhalten. Was immer da noch auf ihn zukam. Er beschloss, sie morgen früh direkt aufzusuchen.

Er warf der Giraffe auf dem Hochrad einen letzten Blick zu und verließ das Haus.

4

Vor der Tür fuhr ihm eine eiskalte Windböe in die Knochen. Er schätzte, dass die Minustemperaturen inzwischen im zweistelligen Bereich lagen, seine Kleidung war viel zu dünn. Da fiel ihm Onkel Heins Motorradjacke ein. Er ging zurück in die Werkstatt, nahm sie vom Haken und schlüpfte hinein. Sie war zwar etwas zu groß, fühlte sich mit dem dicken Futter aber angenehm warm an. Am Kragen roch sie leicht nach Rasierwasser.

Ben schloss die Ladentür ab und schaute auf die Eisfläche der Treene, die immer noch zart vom Halbmond beschienen wurde. Die Luft war frostklar, am Himmel funkelten Tausende Sterne. Er fischte seinen Koffer aus dem Wagen und ging damit den Fluss entlang. Er musste sich ohne Plan zurechtfinden, war aber zuversichtlich. So groß war die Stadt nicht. Onkel Heins gefütterte Jacke erwies sich als gute Idee, sie wärmte ihn nach wenigen Schritten wie eine Heizung.

Erneut fiel Ben auf, wie still es hier war, außer dem Rollen seines Koffers war kein Geräusch zu hören. Alle paar Meter warf eine alte Straßenlaterne ihren Kegel auf das Kopfsteinpflaster mit dem hauchdünnen Schneebelag. Die geparkten Autos kamen ihm nach dem Besuch im Laden vor wie große Blechspielzeugmodelle – was sie letztlich ja auch waren. Dass er sich mitten in Nordfriesland in einer niederländischen Stadt befand, konnte er immer noch nicht glauben.

Er ging an einem Haus vorbei, dessen Vorderwand sich schräg nach vorne neigte, vermutlich eine Folge von Jahrhunderten rauer Witterung. Neben dem Eingang lehnte ein Fahrrad, Sattel und Schutzblech waren mit Schnee bedeckt. Dann überquerte er eine kleine Steinbrücke über einem Kanal, der sich schnurgerade durch die Stadt zog. Unter ihm zogen zwei Schlittschuhläufer mit schabendem Geräusch vorbei. Ben erkannte die Polizistin und den «Finanzminister». Sie räumten mit Holzschiebern den Pulverschnee beiseite. Als sie verschwunden waren, wagte Ben ein paar Schritte auf dem nächtlich-schwarzen Eis, was ihm ein bisschen unheimlich vorkam. Aber es hielt. Ohne zu knirschen. Das letzte Mal hatte er als kleines Kind auf zugefrorenem Gewässer gestanden.

Nach kurzer Zeit landete er auf dem Marktplatz mit den prächtigen Giebelhäusern. Die Scheinwerfer waren inzwischen ausgestellt. Wie aus dem Nichts zischten die Polizistin und der «Finanzminister» auf Schlittschuhen über die freigeräumte Gracht neben der Straße. Ihre Schals wehten hinterher.

Leider entdeckte er nirgendwo eine Pension oder ein Hotel. Er hätte die beiden fragen sollen, das fiel ihm jetzt erst ein. Sollte er einfach mit dem Wagen in die nächstgrößere Stadt fahren? Da stieß er in einer Seitenstraße auf ein kleines beleuchtetes Haus mit den gleichen dunkelblauen Sprossenfenstern. Auf der Fensterbank stand die Miniaturausgabe des Hochrades aus dem Spielzeugladen, ungefähr so groß wie ein Blumentopf. Darauf saß eine kleine Giraffe mit silbernem Umhang!

Neugierig hielt Ben auf das beleuchtete Fenster zu. Es gab keine Gardinen, drinnen war ein Raum mit einem kleinen Tresen und zwei Ledersesseln zu erkennen. Hinter dem Tresen stand eine Frau, deren rötlich blonde Haare seitlich gescheitelt waren und am anderen Ende von einer breiten silbernen Haarspange gehalten wurden. Ein paar Strähnen waren der Spange entkommen und fielen ihr in die Stirn. Sie trug eine orangefarbene Skijacke und hatte sich altmodische weiße Schlittschuhe an den Schnürsenkeln über die Schulter gehängt.

Als sie ihn am Fenster entdeckte, erschrak sie sichtlich. Es war ihm unangenehm, er wollte weitergehen, aber sie war schneller an der Eingangstür, als er verschwinden konnte.

«Ist irgendwas?», fragte sie. Ihr Alter war schwer zu schätzen, vielleicht Ende dreißig. Erst jetzt entdeckte er über dem Eingang ein Schild, das ohne Beleuchtung gerade so zu entziffern war, «Pension Blomen» stand darauf. Offenbar war er zufällig an der richtigen Adresse gelandet.

«Guten Abend, ich bräuchte ein Zimmer», sagte er.

«Tut mir leid, wir vermieten nur in der Saison.»

Er räusperte sich. «Ich brauche das Zimmer aber jetzt ...»

«Es gibt da eine Erfindung, die einem bei der Suche hilft», sagte sie, «nennt sich Internet – schon mal gehört?»

Da zischte ein Hund auf Ben zu, mittelgroß, helles Fell, mit wedelndem Schwanz, eine wilde Mischung aus Husky und Collie. Er sah aus, als würde er lächeln. Ben streichelte ihm den Kopf, der Hund sprang an ihm hoch und schnüffelte an seiner Jacke.

«Fiete, zurück!», rief sie.

Was für ein Name für einen Hund, dachte er. Er entschied sich dafür, die Wahrheit zu sagen: «Genau diese Giraffe im Fenster habe ich eben in groß gesehen. Außerdem habe ich einen Brief erhalten, in dem steht, dass ich mich hier melden soll.»

Sie zuckte zusammen. «Gehört das englische Cabrio vor Onkel Heins Haus dir?», fragte sie.

«Ja! – Aber warum sagst du ‹Onkel› zu ihm?»

«So haben ihn alle in Friedrichstadt genannt, wieso?»

Ben trat einen Schritt vor. «Er ist mein Großonkel.»

Sie sah ihn an, als wäre er eine außerirdische Erscheinung. «Bist du Ben?»

«Woher kennst du meinen Namen?»

«Onkel Hein hat viel von dir erzählt.»

Ben senkte den Blick. «Dabei haben wir uns gar nicht oft gesehen.»

«Jeder in Friedrichstadt kennt Onkel Heins Ben-Geschichten.»

«Zum Beispiel?»

Sie musste nicht lange überlegen. «Wie du dich in Shanghai verlaufen hast und in einer Garküche gelandet bist. Da hast du dann mit den Köchen Königsberger Klopse auf chinesische Art gekocht, stimmt das?»

Er lachte. «Ja, allerdings.»

Er erinnerte sich, dass er diese Begebenheit Onkel Hein auf einer seiner vielen Karten aus aller Welt beschrieben hatte. Onkel Hein hatte sich sehr darüber amüsiert, er wollte daraufhin wissen, wie man Klopse mit

Stäbchen isst – was tatsächlich eine echte Herausforderung gewesen war.

Die Frau öffnete mit einer einladenden Geste die Haustür, er folgte ihr hinein. Drinnen empfing ihn eine bullige Wärme. Sie setzten sich auf die beiden Sessel vor dem Rezeptionstresen, ohne dass er die Jacke auszog. Fiete wollte erneut gestreichelt werden, Ben kraulte ihn hinter den Ohren.

«Was ist dieser Laden von Onkel Hein eigentlich?», fragte Ben. «Hat er dort Spielzeug verkauft? Oder Antiquitäten? Oder ist es gar kein Geschäft, sondern eine Art Galerie?»

«Ich würde sagen, alles zusammen. Auf jeden Fall hat Onkel Heins Laden für uns Friedrichstädter eine große Bedeutung.»

«Inwiefern?»

«Das kann ich nicht in zwei Sätzen erklären. Aber die ganze Stadt wartet schon auf dich, alle wollen wissen, wie es weitergeht.»

«Womit weitergeht?»

«Zum Beispiel mit dem traditionellen Basar am vierten Advent, den Onkel Hein immer veranstaltet hat. Wir haben heute den achten Dezember, viel Zeit bleibt nicht mehr.»

Ben fühlte sich etwas überfordert. «Was erwartet ihr von mir?» Er wollte eigentlich nur schnell den Laden auflösen und dann wieder zurück nach Amsterdam.

«Für Onkel Hein war Weihnachten die wichtigste Zeit des Jahres. Er sagte immer: ‹Heiligabend macht das ganze Land Pause, damit die Menschen wieder ins Gleichgewicht kommen können.›»

Das kommentierte Ben lieber nicht, für ihn war jeder Heiligabend seit seinem zwölften Lebensjahr ein Albtraum. «Weißt du zufällig etwas über die Weihnachtsliste, die neben dem Alkoven hängt?»

«Die hat Onkel Hein jedes Jahr erstellt», sagte sie. «Jeder Friedrichstädter, jede Friedrichstädterin bekam ein Geschenk von ihm.»

«Aber ein paar Sachen stehen dort ohne Namen, zum Beispiel drei sehr besondere Marionetten.»

«Die sollen mit Sicherheit jemanden aus Friedrichstadt darstellen», sagte sie traurig. «Er hat es wohl nicht mehr geschafft, sie zu adressieren. Wer das ist, musst du herausfinden.»

«In der kurzen Zeit, ohne jemanden hier zu kennen? Wie soll das gehen?»

«Wie lange bleibst du denn?»

«Ich ziehe am ersten Weihnachtstag nach Singapur, vorher muss ich noch ein paar Tage in Amsterdam arbeiten.»

«Das wird knapp.»

«Kannst *du* dir die Sachen vielleicht mal ansehen?»

«Ja, gerne, morgen. Aber versprechen kann ich nichts.»

Sie führte ihn in ein Zimmer am Ende des Flurs, an dessen Wänden Fotografien einer sattgrünen Marschlandschaft unter weitem Himmel hingen. Sie öffnete eine alte Holztür, die Scharniere quietschten. «Das ist unser Lavendelzimmer.»

In dem kleinen Raum standen ein Bauernschrank und eine antike Kommode, das Bett wirkte neu, vor dem Tisch stand ein Schwingstuhl im Bauhaus-Design. An der Wand hingen Fotos, die Schilfhalme aus verschiedenen

Perspektiven zeigten. Auf der Kommode stand eine Etagere mit Bonbons und Pralinen. Tatsächlich roch es hier leicht nach Lavendel, auch im Badezimmer. Ein Hauch von Sommer, fand Ben und erinnerte sich kurz an eine Klassenfahrt in die Provence, die lange zurücklag.

«Achtzig Euro die Nacht», sagte sie. «Allerdings ohne Frühstück, dafür habe ich keine Zeit.»

«Okay.»

Sie ging zum Fenster. «Warte, ich drehe die Heizung hoch, Bettzeug liegt im Schrank. Soll ich es eben beziehen?»

«Danke, nicht nötig, das mache ich schon selbst.»

Fiete rieb sich sanft die Schnauze an seinem Bein und holte sich eine weitere Streicheleinheit ab. Vor allem hatte es ihm Onkel Heins Jacke angetan, er schnüffelte die ganze Zeit daran.

«Wie heißt du eigentlich?», erkundigte sich Ben.

«Nintje.»

Er lächelte. «Wie das Kaninchen aus dem Bilderbuch?» Das war vor allem in den Niederlanden bekannt.

«Das kennst du?», fragte sie erstaunt.

«Eine Amsterdamer Kollegin hat alle Bände davon. Bedeutet der Name nicht ‹niedlich›?»

«Ach was, das sagt man nur so.»

Er grinste. «Was bedeutet es denn deiner Meinung nach?»

Sie zog die linke Augenbraue hoch. «In meinem Fall: ‹Vorsicht, mein Lieber!›»

«Also gut, Vorsicht, mein Lieber …»

Sie reichte ihm zwei Schlüssel. «Einer fürs Haus und der andere fürs Zimmer. Onkel Hein hat mir aufgetragen, mich um dich zu kümmern, wenn du hier auftauchst. Du musst eine Menge für ihn regeln.»

Das klang bedrohlich. «Was genau?»

«Besprechen wir alles morgen, ja?»

Nintje setzte sich auf den Schwingstuhl, um sich ihre Schlittschuhe anzuschnallen. Dann stakste sie zur Tür, die er ihr aufhielt.

«Viel Spaß auf dem Eis, Hals- und Beinbruch.» Er war nicht ganz sicher, ob man das noch so sagte. Die letzten Jahre hatte er in Jakarta gelebt. In Indonesien sprachen viele Menschen nicht nur Englisch, sondern auch Niederländisch, wegen der Kolonialvergangenheit. Ben hatte dort fast nur diese beiden Sprachen gesprochen und sehr selten Deutsch.

«Gute Nacht», sagte sie. «Und du weißt ja, wenn man irgendwo hinzieht, wird alles wahr, was man in der ersten Nacht träumt.»

Da hatte sie wohl etwas falsch verstanden, er wollte nicht hierherziehen, sondern höchstens eine Woche bleiben. Wenn es möglich war, noch weniger.

Fiete folgte Nintje schwanzwedelnd aus dem Zimmer. Im Flur drehten sich beide noch mal um und warfen ihm einen freundlichen Blick zu, den er mit einem kurzen Winken erwiderte. Er war mittlerweile so müde, dass er auf der Stelle einschlafen konnte. Was er wenige Minuten später auch tat.

5

Am nächsten Morgen wachte Ben um kurz vor acht auf. Das erste Tageslicht schien durch die Fenster, die Bettwäsche duftete nach Lavendel. Er griff nach seinem Handy, das er in der Nacht aufgeladen hatte, und stöhnte laut auf: Aus Amsterdam und Singapur waren über sechzig Mails aufgelaufen – ging's noch? Er war nicht im Dienst, hatte das keiner mitbekommen? Er überflog sie trotzdem.

In Singapur sollten vierzig Bagger auf einen Frachter verladen und nach Jakarta transportiert werden. Vom Hafen dort ging es quer durchs Land an einen entlegenen Ort. Das musste gut organisiert werden, und er war der Einzige in der Firma, der wusste, wie man das hinbekam. Trotzdem wollte er jetzt nicht funktionieren und alles sofort beantworten.

Er stand auf und duschte ausgiebig. Nach dem Föhnen zog er sich an und betrat den Flur mit den Bildern von der hochsommerlichen Marsch. Er streifte Onkel Heins Jacke über und öffnete die Haustür. Der Himmel über der Stadt war bedeckt, die Temperatur lag immer noch unter null. Das Kopfsteinpflaster war mit derselben dünnen Schneeschicht bestäubt, in der nun frische Reifenspuren zu erkennen waren. Die Häuser in der Straße waren klein, schlicht und schön. Nach kurzer Zeit gelangte er auf den Marktplatz.

Unter dem bedeckten Himmel zeigten die großen niederländischen Giebelhäuser ihre Vormittagsgesichter. Sie besaßen eine volle Etage über dem Erdgeschoss, ab der zweiten begannen die Giebelstufen. Dadurch verringerte sich die Breite des Hauses, die Fenster wurden kleiner, manchmal sah man auf einer Etage zwei nebeneinander, manchmal drei. Vereinzelt war noch eine weitere flache Ebene dazwischengezogen. Unter der Spitze gab es meist einen kleinen Dachraum mit einem winzigen Fenster. Dort stellte Ben es sich gemütlich vor, zum Beispiel zum stundenlangen Lesen.

Beim Bäcker am Marktplatz ließ er sich einen heißen Kaffee geben und aß zwei belegte Brötchen. Währenddessen googelte er, was es mit dieser Stadt auf sich hatte, in der Onkel Hein die Hälfte seines Lebens verbracht hatte.

Friedrichstadt war im siebzehnten Jahrhundert von Niederländern errichtet worden, die in ihrer Heimat wegen ihrer Religion verfolgt wurden. Herzog Friedrich III. von Schleswig-Gottorf holte sie an die Treene, was weniger eine noble Geste war als ein Geschäft: Sie waren die führenden Wasserbauer Europas und entwässerten das Land, im Gegenzug erhielten sie Religionsfreiheit. Bis heute gab es in der kleinen Stadt viele Konfessionen, darunter christliche Kirchengemeinden wie die evangelische und katholische, die dänisch-lutherische und als Besonderheit die Remonstranten aus den Niederlanden. Darüber hinaus zahlreiche Juden und Muslime. Überregional bekannt war Friedrichstadt für seinen großen Pferdemarkt gewesen, der zweimal jährlich stattfand. Ben stellte sich den Platz vor dem Schaufenster des Bäckers voller Tiere und Händler vor. Bestimmt hatte an diesen Tagen die ganze Stadt nach Pferd gerochen.

Er machte sich auf den Weg zum Spielzeugladen, passierte eine kleine Straße, in der sich zwei ältere Damen von Haus zu Haus unterhielten. Der obere Teil ihrer Haustüren ließ sich separat öffnen – die typisch norddeutschen «Klönschnacktüren» –, sodass die Frauen im Warmen standen und dennoch miteinander sprechen konnten. Die eine trug eine rote Schirmmütze, die andere eine dunkelblaue Pudelmütze.

Ben blieb stehen und grüßte freundlich: «Moin.»

Sie nickten zurück. «Moin – und Beileid.»

Er staunte sehr, dass sie wussten, wer er war. «Danke.»

«Armer Onkel Hein», fügte die mit der Pudelmütze hinzu. «Traurig.»

«Ja.»

«Aber der Basar am vierten Advent findet statt, oder?», fragte die andere.

Das schien den Leuten hier unheimlich wichtig zu sein.

«Ich tue mein Bestes», versprach er vage.

«Schönen Tag dann noch.»

«Selber auch. Tschüss.»

Ben hielt sich an die Ostersielgracht und schlenderte am jüdischen Friedhof vorbei zum Laden. Da brach die Wintersonne durch die Wolken und brachte die ganze Stadt zum Leuchten. Über dem Fluss schwebte ein frostiger Dunst, der Wind blies ihm erneut scharf um die Ohren. Er blickte über die Eisfläche, die sich bis zum anderen Treeneufer hinzog. In der Ferne war ein einzelnes Reetdachhaus zu erkennen, in dessen Scheiben sich die Sonne spiegelte. Dahinter ging die Weite ohne Übergang in den Himmel über.

Er schloss die Ladentür auf. Die Tänzerin hinter dem Eingang sah heute Morgen müde aus, es war wohl noch nicht ganz ihre Zeit. Er ließ den Blick über den Spielzeugdschungel kreisen. Das war also Onkel Heins Arbeitsplatz gewesen, wobei es Ben mehr wie ein Wohnzimmer vorkam.

Beim Herumkramen entdeckte er ein weiteres Schätzchen: ein handgefertigtes «Monopoly»-Spiel mit den Straßen von Friedrichstadt! Die Spielfläche war selbst gemalt, die Häuser liebevoll aus Holz gebaut. Die teuersten Adressen waren erwartungsgemäß die schönen Giebelhäuser vom Marktplatz. Er sah sich weiter um. An der Wand neben dem Spiel lehnte ein Riesenmikado mit schulterhohen Stäben! In einem hohen Lagerregal mit tiefen Brettern standen Holzkisten mit Tausenden Lego-Steinen in allen Farben und Formen.

Ben wurde aus seinen Gedanken gerissen, als ein Junge in der Eingangstür auftauchte, die Arme verschränkt. Er war vielleicht sieben oder acht Jahre alt und besaß ein beachtliches Doppelkinn.

«Bei Onkel Hein habe ich immer einen Bonscher gekriegt», sagte das Kind.

Ben mochte Kinder eigentlich, nur hatte er gerade anderes zu tun. «Der Laden ist leider geschlossen», erklärte er.

Das beeindruckte den Jungen kein bisschen.

«Wo sind denn die Bonbons?», fragte Ben. Er besaß den Laden ja erst seit wenigen Stunden und wusste noch nicht einmal, wo sich die Toilette befand.

«Hinter der Kasse.»

Der Junge huschte hinter den Tresen, schnappte sich die ganze Tüte, die dort lagerte, und rannte damit hinaus. Ben wusste nicht, ob er sauer sein oder ihn für seine Sportlichkeit bewundern sollte. Er ging in den hinteren Raum, räumte den kleinen Feuerwehrwagen und die Seifenkiste aus dem Alkoven. Dann studierte er erneut die handgeschriebene Weihnachtsliste. Dort standen die Bezeichnungen «Tänzerin» und «Zauberer», dann folgten eher seltsame Zuschreibungen wie «Matheversteckerin», «Angstlöscher» und «Kopfkino». Was sollte das bedeuten? Tänzerin und Zauberer waren zwei der Marionetten, das stand für Ben fest, war die dritte dann die «Matheversteckerin» oder das «Kopfkino»? Oder war mit Letzterem vielleicht das Röhrenradio gemeint?

Zu gerne würde er die Weihnachtsgeschenke von Onkel Hein allen Adressaten zukommen lassen, aber wie sollte er das ohne die Namen der Personen hinbekommen? Wer bekam das Radio, wer war der Zauberer? Wenn es aber, wie Nintje gesagt hatte, für die Marionetten reale Vorbilder gab, die in Friedrichstadt lebten, dann würden sie auch zu finden sein. Vielleicht arbeitete die Tänzerin tagsüber in der Backstube an der Ecke? Und der Zauberer in der Stadtverwaltung? Und irgendwo in Friedrichstadt wohnte auch die «Matheversteckerin», wen auch immer Onkel Hein damit gemeint haben könnte.

Vorsichtig steckte Ben das Radio in die Steckdose und

drückte die schwergängige Einschalttaste. Erst passierte nichts. Ben vermutete, dass das alte Gerät nicht mehr funktionierte. Doch dann dröhnten seltsame Geräusche aus den Lautsprechern. Von einem schwach zu hörenden Sender, der Lichtjahre entfernt zu sein schien, wurde «Your Song» von Elton John gespielt. Der Radiokasten erwärmte sich spürbar, durch ein paar gestanzte Löcher in der Papprückwand konnte Ben sehen, wie im Inneren des Geräts Röhren und Glühbirnen leuchteten. Der Apparat verströmte einen ganz eigenen Geruch, wie er ihn noch nie wahrgenommen hatte.

Netterweise hatte er nun Musik bei der Arbeit. Spontan tanzte er durch die Spielzeugwelt, die eine tolle Partykulisse abgegeben hätte. Dabei schaute er sich die Ansichtskarten an der Werkstattwand genauer an – und zuckte zusammen. Die vergilbte Ansicht vom Duisburger Hafen stammte von ihm selbst! Er hatte sie Onkel Hein kurz nach seiner Ausbildung geschickt, das war lange her. Aber der hatte sie aufbewahrt, wie offenbar alle Karten seines Großneffen.

Lieber Onkel Hein,

stand da in seiner ziemlich unleserlichen Schrift.

Ich bin gut in Duisburg gelandet. Die Seidenstraße aus China endet im Ruhrpott. Dass Duisburg das Tor zum Fernen Osten ist, wer hätte das gedacht? Ich bin hier viel am Fluss – wie Du ja auch. Ich hoffe, es geht Dir gut! Herzlichen Gruß, Dein Großneffe Ben

Ben rechnete nach, das musste über dreizehn Jahre her sein!

Verwirrt blickte er sich um. Und gab sich einen Ruck. Er hatte hier eine Menge zu erledigen, und dafür blieb nur wenig Zeit. Wegen des Hauses musste er sich so bald wie möglich mit diesem Schlittschuh fahrenden Filialleiter in Verbindung setzen, um dessen finanzielle Vorstellungen auszuloten.

Um das ganze Spielzeug würde Ben sich selber kümmern. Er räumte den Tisch frei und legte eine lila Samtdecke darauf. Hier wollte er alle Sachen einzeln fotografieren, um sie anschließend ins Internet zu stellen.

Schwierig blieb, dass er sehr bald in Asien wohnen würde, von dort aus wäre das kaum zu organisieren. Was er vor Ort tun konnte, sollte er jetzt angehen – also raus mit dem Handy und alles fotografieren!

Das war leichter gesagt als getan. Es befanden sich so viele Gegenstände in diesem Laden, dass er kaum einen Überblick bekam. Die meisten Sachen waren Unikate, die Onkel Hein in seiner Werkstatt gefertigt hatte – welche Preise sollte Ben dafür aufrufen? Im Grunde waren sie doch unbezahlbar. Vielleicht fanden sich in den Papierbergen auf der Werkbank alte Quittungen, sodass er wenigstens von den Materialkosten eine Vorstellung bekam?

Er entfernte zwei steinerne Zebras, die als Briefbeschwerer auf einem der Haufen lagen. Es war ihm unangenehm, in Onkel Heins Unterlagen zu wühlen, aber wer sollte sich darum kümmern, wenn nicht er? Auch hier war das Chaos kaum zu übertreffen, zwischen Schreiben vom Finanzamt fanden sich Prospekte mit Sonderangeboten vom kleinen Supermarkt in der Stadt.

Da ging die Türglocke, und Ben eilte nach vorne. Eine Frau mit hellbraunen Augen sah ihn neugierig an. Sie war vielleicht Mitte vierzig und hatte die dunklen Haare hochgesteckt. Hier und da waren einzelne silberne Strähnen zu erkennen, die ihr hervorragend standen. An ihrem Revers steckte eine Brosche, sie zeigte einen Austernfischer mit langem rotem Schnabel. Die Frau trug hellbraune Reiterstiefel mit hohen Absätzen.

«Moin», murmelte sie und sah ihn an.

«Moin», grüßte Ben zurück.

«In gut zwei Wochen ist Heiligabend, ich brauche dringend Geschenke. Hier bin ich wohl goldrichtig.»

«So ist es.»

Es war wirklich absurd, dass ausgerechnet er als Weihnachtsverkäufer auftrat. Trotzdem beschloss er spontan, dieser Frau irgendetwas zu verkaufen, egal was und zu welchem Preis.

Sie nahm ein Spiegelchen mit Glitzerrahmen in die Hand, begutachtete einen regenbogenfarbenen Minibus aus gebranntem Ton mit der Aufschrift «Bogotá». Die Fahrgäste waren in die Fenster gemalt: feine Damen, Schulkinder, ein Handwerker in Latzhose. Der Fahrer rauchte eine Zigarre. Dann wühlte die Frau in einer anderen Ecke, dabei wirkte sie fahrig. Sie schaute sich alles nur flüchtig an. Schließlich kam sie zu Ben zurück.

«Haben Sie keine Kuscheltiere?»

«Doch. Hinten gibt es ein paar schöne Stofflöwen.» Das war ihm gerade noch eingefallen.

Sie schüttelte den Kopf. «Es sollte auf jeden Fall ein Pflanzenfresser sein.»

Meinte sie das ernst? Es ging um ein Kuscheltier!

«Dann vielleicht ein Flusspferd?» Er zeigte auf das gegenüberliegende Regal.

«Wollen Sie mich auf den Arm nehmen? So ein Riesenviech ist doch kein Vegetarier!»

«Ich denke, da täuschen Sie sich.»

Die Frau verschränkte die Arme vor der Brust. «Wie viele Pflanzen sollte so ein Tier denn wohl täglich fressen, um einigermaßen satt zu werden?»

«Wo immer Flusspferde auftauchen, wird das tatsächlich zum Problem.»

«Ach ja?»

Sie verschwand nach hinten, um sich weiter umzusehen.

Die Türglocke meldete sich erneut, und Nintje kam herein. Sie trug wieder ihre orangefarbene Skijacke und Lederstiefel mit Absatz, die sie etwas größer wirken ließen. Den Rücken hielt sie kerzengerade, vermutlich machte sie Ballett oder Jazztanz.

«Moin», grüßte er.

«Moin, Ben.»

Fiete fegte an ihr vorbei und sprang zur Begrüßung an Ben hoch. Er schnüffelte ausgiebig an seiner Lederjacke und ließ sich hinter den Ohren kraulen. Seine Augen schienen dabei zu lachen. Nintje setzte sich auf den Stuhl neben dem Eingang.

Nun kam die Kundin tatsächlich mit einem Stofftier zur Kasse. Fiete wich nicht von Bens Seite und blickte ihr neugierig entgegen.

«Ah, es ist das Känguru geworden», sagte Ben. «Da fehlt leider ein halbes Ohr, es ist noch nicht ganz fertig.»

«Halbes Ohr – halber Preis?»

«Ich lasse es Ihnen für zehn Euro.»

«Und mit Rabatt?»

«Okay, acht.»

«Ich gebe Ihnen einen guten Rat», mischte sich Nintje ein, während Ben das Känguru ungeübt in Geschenkpapier wurschtelte. «Sie sollten dasselbe gleich noch mal kaufen.»

«Wieso das?», fragte die Frau erstaunt.

«Wenn das Tier zum Lieblingstier wird und das Kind es verliert, ist das eine Katastrophe. Das ist fast so, als ob ein echtes Haustier stirbt.»

Ben sah Nintje ungläubig an.

Die Kundin bedankte sich, allerdings ohne auf den Vorschlag einzugehen. «Arbeiten Sie beide schon lange zusammen?», fragte sie.

Nintje und Ben lächelten sich an.

«Och», sagte Nintje.

«Ah, Sie sind verheiratet.»

«Noch nicht.» Ben wagte einen Seitenblick zu Nintje.

Die erstarrte kurz und prustete dann los.

Die Kundin wirkte verwirrt: «Entschuldigung, ich wollte nicht indiskret sein.»

«Geht schon in Ordnung», sagte Ben. «Was meinen Sie: fünfzehn Euro für zwei Kängurus?»

«Einverstanden.»

Sie reichte Ben ihre Kreditkarte.

«Es geht leider nur in bar.»

Ben hatte keine Ahnung, ob Onkel Hein überhaupt ein Kartenlesegerät besaß oder wie die Kasse aufging. Die Frau zückte einen Fünfziger. Er wandte sich Hilfe suchend an Nintje.

«Bekommst du den klein? Können wir später mit der Miete verrechnen …»

«Okay.» Nintje zog ihr Portemonnaie heraus und gab der Kundin das Wechselgeld. «Übrigens: schöne Brosche.»

«Austernfischer sind meine Lieblingsvögel», erklärte die Frau und ging lächelnd hinaus.

Nintje und Ben schauten ihr einen Moment verwirrt hinterher.

6

Kommst du aus der Spielzeugbranche?», fragte Ben.
«Nein, wieso?» Nintje sah ihn kokett an.

«Auf das zweite Kuscheltier muss man mal kommen!»

«Das basiert ehrlich gesagt auf einem schlimmen Erlebnis.»

«Oha, ein Kindheitstrauma? Dein allerliebstes Kuscheltier war verschwunden?»

Sie schüttelte den Kopf. «Viel schlimmer: ein Langstreckenflug nach Australien. Ich saß neben einer Mutter mit zwei Kindern. Die Kleinere hat von Dubai bis Melbourne acht Stunden ohne Pause durchgeweint, weil ihre Kuschelschlange in Indien liegen geblieben war. Obwohl ich hundemüde war, konnte ich nicht eine Minute schlafen.»

«Für das zweite Känguru hast du jedenfalls einen gut bei mir.»

«Ein Kaffee würde mir jetzt schon genügen.»

Er breitete die Arme aus. «Gerne, wenn ich wüsste, wo ich hier einen finde.»

«Darf ich es dir zeigen?»

Anscheinend kannte sie sich im Laden hervorragend aus. Zusammen gingen sie in die Werkstatt. Fiete folgte mit wedelndem Schwanz. Nintje räumte vorsichtig einen Haufen Papiere beiseite und zog eine kleine Kaffeemaschine auf einem Tischchen hervor, das Ben bisher komplett übersehen hatte. Zielsicher griff sie in einen Küchenschrank und holte eine Dose mit Kaffeebohnen hervor. Die schüttete sie in eine hölzerne Handmühle, das Mahlen übernahm Ben. Nintje füllte die Maschine aus dem Wasserhahn neben der Werkbank und setzte sie in Gang.

Kurze Zeit später gingen sie mit ihren dampfenden Kaffeetassen in das Zimmer, wo die Weihnachtsliste hing. Wenn Nintje seinen Großonkel so gut gekannt hatte, wusste sie vielleicht, für wen die Geschenke im Alkoven gedacht waren.

Als Erstes drehte Ben die Heizung hoch und legte die Lederjacke auf dem Paketberg ab. Fiete stürzte sich sofort darauf und brachte sie im Maul zu ihm zurück.

«Fiete!», rief Nintje.

Der Hund sah sie einen Moment entschuldigend an, ließ die Jacke fallen und legte sich auf dem Schaffellfutter ab. Ben räumte einige Blechspielzeuge von der Sitzfläche eines Stuhls, damit sie sich setzen konnte.

«Welche Schuhgröße hast du?», fragte Nintje und deutete auf ein Paar schwarze Herrenschlittschuhe unter dem Stuhl.

«44.»

«Dann könnten die passen.»

Ben zog den rechten Schuh aus und probierte den Schlittschuh an.

«Perfekt!»

Vielleicht hatte er irgendwann Zeit, eine Runde auf dem Eis zu drehen.

Sie setzten sich mit den Kaffeepötten gegenüber.

«Kannst du mir erklären, wie all das hier entstanden ist?», fragte er. «Wie gesagt, ich hatte ein Möbelgeschäft erwartet, aber nicht das!»

Nintje lächelte. «Anfangs war es tatsächlich ein Geschäft für Antiquitäten. Dann kaufte Onkel Hein in der ganzen Welt Dinge dazu, meist von Freundinnen und Freunden, die er in seiner Zeit als Seefahrer kennengelernt hatte. Bald hat er dann vieles selbst gebaut.»

«Verstehe.»

«Nach und nach entstand hier sein eigenes Universum. Es schien Hein weniger um den Verkauf zu gehen als darum, die weite Welt zu sich nach Hause zu holen.»

«Und wovon hat er gelebt?» Ben nahm einen Schluck von dem Kaffee, der köstlich schmeckte.

«Er hat ja durchaus Dinge verkauft, die Leute wussten das Besondere bei ihm zu schätzen. Das Spannende war immer, dass bei ihm nie klar war, wovon er sich trennen und was er behalten wollte.»

«Hat das niemanden vergrätzt?»

«Nein, er hat immer tolle Alternativen geboten. Und wenn er etwas verkauft hat, wurde es schnell durch etwas Neues ersetzt. So hat sich die Welt hier drinnen ständig verändert.»

Ben hörte fasziniert zu, es war nicht gerade das klassische Verkaufsmodell, klang aber spannend. «Dann kamen viele Leute immer mal wieder vorbei, um zu sehen, was sich in der Zwischenzeit getan hatte?»

«So ist es. Und kaum jemand schaffte es ohne ein Spielzeug aus dem Laden. Es war einfach unwiderstehlich.»

Ben schaute auf die Giraffe auf dem Hochrad. Das konnte er sich lebhaft vorstellen.

«Höhepunkt des Jahres für Friedrichstadt und Umgebung ist der vierte Advent», fuhr Nintje fort. «Da hat Onkel Hein alles so teuer wie möglich verkauft.»

«Wieso das?»

«Mit dem Erlös hat er ein Internat für Waisenkinder in Südafrika unterstützt. An diesem Tag platzte sein Laden aus allen Nähten. Alle Friedrichstädter kauften dann hier ihre Weihnachtsgeschenke und taten damit gleichzeitig etwas Gutes.»

«Und hinterher war der Laden wie leer gefegt?»

Sie nickte. «Nicht ganz, aber er sah ziemlich gerupft aus. Im Januar und Februar hat Onkel Hein den Laden dann wieder mit neuen Ideen aufgefüllt. Es war immer alles in Bewegung.»

Ben bereute immer mehr, dass er seinen Onkel nie richtig kennengelernt hatte.

«Was ist mit den Paketen?» Er deutete auf den Stapel in der Ecke des Raumes.

Nintje lächelte. «Zu Weihnachten hat er alle beschenkt, die er in Friedrichstadt kannte – und das waren viele! Jede und jeder bekam etwas als Anregung für das eigene Leben.»

«Wie soll ich das verstehen?»

«Er verschenkte Mutmacher an die Verzagten, Besinnliches an die Forschen.»

«Fanden die Leute das nicht seltsam? Spielzeug wird doch sonst eher an Kinder verschenkt.»

«Die Kinder bekamen natürlich auch etwas. Aber Onkel Hein war in Friedrichstadt so was wie ein Kümmerer, die Seele der Stadt, wenn du so willst. Seine Mutmacher kannst du dir auf den Kamin oder auf eine Kommode stellen, sie bauen dich jeden Tag auf.»

Ben trat zur Weihnachtsliste und las laut vor: «Seifenkiste, Zauberer, Tänzerin, Matheversteckerin, Angstlöscher – das klingt rätselhaft. Wer soll das bekommen? Und hast du eine Idee, wen die Marionetten darstellen sollen?» Er nahm den Zauberer in die Hand und reichte Nintje die Tänzerin.

Sie gingen gemeinsam ein paar Schritte durch den Raum.

«Moin, Zauberer», begrüßte Nintje ihn.

«Moin, Tänzerin», erwiderte er. «Woher kommst du?»

«Vielleicht Paris – oder Husum?», antwortete sie. «Und du? Verzauberst du mich bitte? Ich würde so gerne mal jemand anderes sein.»

«Kein Problem, in was denn?»

Sie sahen sich in die Augen und hielten den Blick ein paar Sekunden. Ben wurde ganz anders. Schnell schaute er nach unten auf seine Marionette. Bevor es brisanter wurde, brachen sie ihr Spiel ab. Und er erfuhr nicht, wer sie gerne sein wollte. Obwohl ihn das interessiert hätte.

«Die Marionetten sehen leider niemandem ähnlich, den ich in Friedrichstadt kenne», meinte Nintje.

«Vielleicht geht es weniger um Aussehen als um Charakter?»

«Möglich.» Sie sah genauso ratlos aus wie er.

«Bleibt die Seifenkiste.»

«Lass mal sehen.» Nintje schaute sich das Gefährt genau an. «Bingo!», rief sie und strahlte. «Wohin die soll, kannst du herausbekommen.» Sie zeigte auf den vorderen Teil der Haube. «Hier ist sonst ein Emblem mit der Automarke.»

«Ja, und?»

«Siehst du den kleinen Schwan?»

Jetzt entdeckte Ben ihn auch, er war fingernagelgroß. «Scheint ein Schwanen-Cabrio zu sein.»

Sie schüttelte den Kopf. «Ich denke, das ist eine Hausmarke.»

«Was ist das?»

«Die Hausmarken in Friedrichstadt stammen aus der Zeit, als es hier noch keine Hausnummern gab. Alle Häuser hatten ein Symbol über der Tür, damit man sie fand.»

«Und was waren das so für Symbole?»

«Alles Mögliche: ein Tier, die Sonne, ein Boot oder sonst was. Es musste immer zu den Bewohnerinnen und Bewohnern passen. Bis heute sieht man sie über jeder Tür.»

«Wie die beiden Luftballons über Onkel Heins Ladentür, die zum Himmel fliegen?»

«Genau.»

«Und wo finde ich in den Schwan?»

«Ich habe nicht alle Hausmarken im Kopf», sagte Nintje. «So klein ist Friedrichstadt auch wieder nicht.»

Ben nickte. «Ich werde ihn finden – und wenn ich dafür alle Häuser abklappern muss.»

Sie schlenderten mit ihren Kaffeepötten nach vorne in den Laden.

«Eigentlich mag ich das alles gar nicht weggeben», seufzte Ben. «Es gehört ja hierhin! Aber was soll ich tun?»

«Tja, in deiner Haut möchte ich nicht stecken.»

«Ich gebe mein Bestes.»

Die Frage war nur, ob das ausreichte.

«Du, ich muss noch etwas anderes mit dir klären», sagte Nintje leise.

«Ja?»

Sie druckste herum.

«Sag schon.»

«Also, Onkel Hein wollte, dass ich die Ansprache auf seiner Abschiedsfeier halte.»

Ben erschrak, blieb aber nach außen hin gelassen. «Dann muss er dir sehr vertraut haben.»

Sie räusperte sich. «Wir haben die Rede zusammen verfasst.»

«Ernsthaft?»

«Es gab sogar eine gemeinsame Probe.»

«Du hast seine eigene Trauerrede vor ihm persönlich gehalten?»

«Ja.»

«War das nicht seltsam?»

Sie überlegte kurz. «Die meiste Sorge hatte er vor zu viel Lob, das wollte er gestrichen haben.»

Ben grinste. «Und wie seid ihr verblieben?»

Sie lächelte auch und schob sich eine Haarsträhne hinters Ohr. «Ich habe ihm angekündigt, dass ich das Lob später wieder einfügen würde. Ohne dass er etwas dagegen machen könne.»

«Was hat er dazu gesagt?»

«Er hat gelacht.»

«Ich weiß noch nicht mal, woran er gestorben ist», sagte Ben.

Sie verschränkte die Arme. «Über seine Krankheit wollte er nicht reden. Er meinte, dafür seien allein seine

Ärzte zuständig.» Sie biss sich sanft auf die Lippe. «Ich musste ihm versprechen, darüber zu schweigen.»

«Was ist daran denn ein Geheimnis?»

Sie nahm einen großen Schluck Kaffee. «Bitte, Ben, ich möchte seinen Willen respektieren.»

«Immerhin bin ich sein Großneffe!»

«Er wollte unbedingt, dass du hier alles für ihn regelst. Wenn es dir irgendwie möglich ist, organisiere den Basar, bitte! Ich schwöre dir, Onkel Hein macht Luftsprünge im Himmel, wenn du das hinkriegst.»

Ben sah sie ratlos an. «Wie soll ich das alles in ein paar Tagen schaffen? Haus auflösen, Ware verkaufen, Basar organisieren, Papierkram regeln?»

«Ich helfe dir, wo ich kann.»

Er fühlte sich unter Druck gesetzt. Er war auch für die vierzig Bagger in Indonesien verantwortlich, da hingen Arbeitsplätze dran, Menschen in Singapur und Indonesien mussten ihre Familien ernähren. Andererseits konnte Onkel Hein nichts für die Bagger. Ben musste es irgendwie schaffen, seine Zeit in Friedrichstadt zu verlängern. Die verbleibenden Arbeitstage in Amsterdam würde er mit ein paar Nachtschichten nachholen, das war das geringste Problem.

«Okay, ich kriege das hin.»

Dann sagte Nintje etwas, das ihn erschütterte: «Aber du hast ja noch nicht mal die Trauergäste eingeladen.»

Hatte er richtig gehört? «Willst du damit sagen, Onkel Hein ist noch nicht beerdigt?»

«Das sollst du übernehmen, meinte er.»

«Wieso ausgerechnet ich?»

«Er wollte wieder Anschluss an seine Großfamilie bekommen, das war ihm wichtig. Du seist genau der Richtige dafür, sagte er.»

«Ich kannte ihn aber am allerwenigsten», stöhnte Ben.

«Möchtest du die Urne mit seiner Asche sehen?»

Er schluckte. «Hmm.»

«Ich weiß nicht, wie ich es dir beibringen soll», sagte sie.

«Was?»

«Nun ja, Onkel Hein hatte von vielen Dingen ganz eigene Vorstellungen.»

«Und weiter?»

«Für ihn war sein Ableben nur ein Wechsel von einer Form in eine andere.»

«Worauf willst du hinaus, Nintje?» Er ahnte nichts Gutes.

Sie hielt den Blick auf ihre Tasse gerichtet. «Offiziell steht die Urne mit Onkel Heins Asche bei Maike Sönnichsen im Bestattungsinstitut. Anders ist das in Deutschland nicht erlaubt.»

«Und in Wirklichkeit?»

«Bitte, Ben, du darfst mir nicht böse sein, es war nicht meine Idee. Obwohl ich sie wirklich gut finde.»

Nintje ging zu der Giraffe auf dem Hochrad. In einem Regal dahinter, ganz oben, knapp unter der Decke, gab es ein kleines Podest, das aus bunten Lego-Steinen zusammengesetzt war. Es erinnerte vage an einen Tempel im ägyptischen Luxor. Darauf standen drei bunte runde Behälter. Auf dem mittleren entdeckte Ben zwei Luftballons, die zum Himmel flogen – Onkel Heins Hausmarke! Konnte wirklich wahr sein, was ihm gerade durch den Kopf ging?

«Onkel Hein hat sich gewünscht, dass er noch eine Zeit lang im Laden bleiben darf», murmelte Nintje.

«Das ist die Urne mit seiner Asche?», fragte Ben entgeistert

Nintje nickte. Ben setzte sich auf einen Stuhl. Wie benommen starrte er auf das bunte Gefäß. Es zeigte neben den Luftballons eine Windrose mit den vier Himmelsrichtungen. Rechts davon stand ein Karton mit einer fröhlichen Maske davor, die die Zunge rausstreckte, links einer mit finsterer Fratze, die wohl böse Geister vertreiben sollte.

«Die beiden Masken neben seiner Urne hat er selbst dort aufgestellt», erklärte Nintje. «Ich war dabei.»

«Wer hat die Urne hierhergebracht?»

«Ich.»

«So?» Er holte tief Luft. «Dann möchte ich, dass du sie einpackst und wieder mitnimmst.»

«Nein.» Nintje sah auf ihre Uhr. «Das ist jetzt *deine* Sache.»

«Das ist jetzt *mein* Laden!»

Ben war richtig sauer.

«Ganz genau! Und es ist *dein* Onkel, nicht meiner.»

«Wie soll ich den Laden verkaufen, solange Onkel Hein hier im Regal steht?»

Sie zuckte die Achseln.

Prompt war der Tinnitus-Dauerton wieder in seinem Ohr.

7

Als Nintje gegangen war, starrte er lange auf die bunte Urne – bis sich das Ladentelefon mit einem hellen Klingelton meldete, den Ben nur von seiner Oma und aus alten Schwarz-Weiß-Filmen kannte. Onkel Hein hatte seinen jahrzehntealten Apparat mit Wählscheibe anscheinend nie ausgetauscht. Ben erinnerte sich noch, wie er als Junge, wenn er bei seiner Oma war, die Zahlen auf der Scheibe angetippt und sich gewundert hatte, dass nichts passierte. Seine Eltern hatten schallend gelacht. Darauf, dass man drehen musste, wäre er nie gekommen, wie auch?

Er nahm ab. «Bei Heinrich Stein.»

«Moin, Ben, wann können wir uns treffen?»

Er erkannte die Stimme von Beucker, dem Filialleiter der Bank.

«Ich bin noch dabei, mir eine Übersicht zu verschaffen, aber dann gerne», sagte Ben.

«Brauchst du nicht, das übernehmen wir! Ich mache dir einen guten Pauschalpreis für Haus und Ware.»

Wollte der ihn auf den Arm nehmen? Als erfahrener Kaufmann war für Ben ein guter Preis derjenige, auf den man sich einigte, und nicht der, den eine Seite festlegte. Blöderweise war er unter Zeitdruck, und das wusste Beucker natürlich: Damit Ben am ersten Weihnachtstag in Singapur sein konnte, musste die Abwicklung des Ladens zügig über die Bühne gehen.

«Übermorgen.»

«Von mir aus», meinte Beucker.

«Zehn Uhr?»

«Abgemacht.»

Ben legte auf und starrte ins Leere. Es war plötzlich alles zu viel für ihn, er musste dringend den Kopf freibekommen. Kurz entschlossen zog er sich Onkel Heins Schlittschuhe an, warf die Lederjacke über und stakste aus der Haustür. Der Zauberer kam zu den Straßenschuhen in seinen Rucksack, den Spitzhut ließ er oben herausschauen. Ben würde die Marionette vielleicht später mit in die Pension nehmen.

An der Treene angekommen, wagte er sich aufs Eis, das in der untergehenden Wintersonne funkelte. Von Westen zog eine pechschwarze Wolkenfront auf – ob sie Schnee bringen würde?

Die ersten Fahrversuche fühlten sich unsicher an. Doch bald zog Ben mit immer größer werdenden Schritten über den Fluss. Er zischte die Treene hinab Richtung Fürstenburgwall. Es gab nur ihn, das Eis und den Wind. Fenster, Giebel und Hausmarken flogen an ihm vorbei. Mehrmals kürzte er die Rundstrecke ab, indem er den Weg über den Mittelburggraben nahm. Unter der Kohbrüch, am Stadtfeld und an der Lüttje Brüch musste er den Kopf einziehen, dann tauchten zu seiner Rechten die schönen Häuser vom Marktplatz auf.

Auf der Straße neben ihm sah er einen schnauzbärtigen älteren Mann in einem knallrot lackierten Rollstuhl, vorne war ein Aufkleber mit schwarzem Pferd auf gelbem Grund, das Ferrari-Emblem. Über ihm stieg Dampf auf, es sah so aus, als würde das Gefährt mit Kohle betrieben. Aber der Mann blies nur mit seiner Zigarre Rauchschwaden in die Luft.

«Moin», grüßte Ben hinüber.

Der Fahrer tippte lässig an seine Mütze. «Moin!»

Die Kurve zum Fürstenburgwall mit der katholischen Kirche und der Buchhandlung im Fünf-Giebel-Haus nahm Ben Runde für Runde schneller. Er hatte gelesen, dass dort der Herzog residiert hatte, es war eins der ältesten Gebäude der Stadt. Jetzt hatte dort die Buchhandlung Frerichs ihr Zuhause.

Nebenbei versuchte Ben, immer auf die Hausmarken links und rechts von den Grachten zu achten, vielleicht entdeckte er ja per Zufall den Schwan. Tatsächlich meinte er irgendwann, ihn am Mittelburgwall gesehen zu haben. Als er sich noch mal umschaute, geriet er prompt ins Stolpern und flog aufs harte Eis. Zum Glück blieb er unverletzt.

Nach dem ersten Schreck fuhr er in gemächlichem Tempo zurück zu dem Haus, das er gesehen hatte. Es war eines von den windschiefen Gebäuden der Stadt, deren Wände sich vom Dach schräg zum Boden neigten. Leider erwies sich der Schwan bei genauerem Hinsehen als Gans. Daraufhin beschloss Ben, die Suche bei Tageslicht fortzusetzen.

Die Fenster in den oberen Etagen der Häuser blitzten ein letztes Mal rot auf, über den Dächern bildete die untergehende Sonne eine goldene Aura. Kurz danach sah der Himmel schier und klar aus wie dunkelblauer Samt. Ben umrundete die Stadt immer wieder aufs Neue und geriet in einen regelrechten Rausch. Bald kannte er sämtliche engen Kurven und dunklen Abschnitte der Grachten. Sein Körper wurde mit kaltem Sauerstoff aufgeladen, er fühlte sich an wie neu.

Nach einer scharfen Linkskurve raste Ben mit Höchstgeschwindigkeit auf den schmalen Ostersielzug zu. Inzwischen war es dunkel, in den Fenstern gingen die Lichter an. Die Stadt erschien jetzt noch stiller, es roch wieder nach Holzrauch. Er fuhr unter unbeleuchteten Brücken hindurch, deren Kanten mit Eiskristallen verziert waren. Friedrichstadt war für ihn in diesem Moment weniger ein Ort als ein Zustand zwischen Traum und Wirklichkeit. Als er erneut über den Ostersielzug zischte, war er so tief in seinen Gedanken versunken, dass er eine Läuferin übersah, die rechts von der Eider kam. Kurz vor der Brückenstraße stießen sie mit voller Wucht zusammen.

«Heh!», rief sie und kam ins Straucheln.

Auch er konnte nicht mehr bremsen. Sie fielen übereinander auf die verschneite Böschung, die beide zum Glück einigermaßen sanft auffing.

«Moin, Ben!», stöhnte die Frau.

«Esther?»

Tatsächlich war es die Polizistin, diesmal in Zivil. Er erkannte sie im Halbdunkel erst auf den zweiten Blick. Ihre hellblonden Haare quollen unter einer Pudelmütze hervor. Darauf stand heute nicht «Polizei», sondern in den gleichen weißen Lettern «Moin». Erstaunlicherweise hatte sie sich seinen Namen gemerkt.

«Tut mir leid», sagte sie.

«Es war *mein* Fehler», gab er schuldbewusst zu. «Rechts vor links.»

«Ist ja noch mal gut gegangen.» Sie lächelte tapfer, während sie sich ihr Knie rieb.

«Hast du dich verletzt?»

«Nee», sagte sie. «Das geht vorbei.»

«Sicher?»

«Ja.»

Sie betrachtete neugierig den Zauberer, der aus seinem Rucksack lugte.

«Wen hast du da denn mitgebracht?»

«Wenn ich das wüsste!», meinte er. «Ich weiß nur, dass er aus Friedrichstadt kommt. Was würdest du sagen, wer ist das?»

«Keine Ahnung, ich habe hier noch nie einen Zauberer gesehen.»

«Schade.»

Sie überlegte. «Vielleicht hat er sich ja verzaubert und läuft nun unsichtbar durch die Straßen.»

«Warum sollte er das tun? Es ist doch nicht schlimm, ein Zauberer zu sein.»

«Wenn ich zaubern könnte, würde ich mich auch mal unsichtbar machen.»

«Wirklich? Wieso?»

«Rein beruflich, Fahndungen wären dann viel effektiver.»

«Du hast recht, die Polizei sollte unbedingt Zauberer einstellen. Die können undercover arbeiten, ohne dass sie jemand sieht.»

Sie lachte. «Ich werde es meinem Chef vorschlagen –

zeig mal her!» Sie zückte eine Taschenlampe und leuchtete die Marionette von allen Seiten an. «Ich würde sagen, der Zauberer weiß eine Menge, hat aber auch Humor.»

«Wie kommst du darauf?»

«Nur so ein Gefühl.»

«Ich muss herausbekommen, wohin er gehört.»

«Du meinst, ganz konkret, mit ladungsfähiger Adresse und Telefonnummer?»

«Genau.»

«Ich werde mich umhören», versprach sie und leuchtete sich selbst ins Gesicht.

«Danke, das ist nett.»

«Darf ich mich für den Unfall bei dir revanchieren?», fragte sie.

«Gerne, auch wenn du keine Schuld hattest.»

«Na ja, und für meine irrtümliche Verhaftung.»

«Du konntest ja nicht ahnen, dass ich nicht auf Handschellen stehe», meinte er.

Sie lachte.

Gemeinsam fuhren sie ein paar Minuten nebeneinanderher bis zu einem Haus, deren Kellerfenster hell erleuchtet und geöffnet waren. Von drinnen strömte Dampf heraus, es roch nach Glühwein.

«Nimmst du auch einen?»

«Gerne, warum nicht.»

Esther und er bekamen einen Pott mit Glühwein in die Hand gedrückt. Esther bezahlte.

«Die Einnahmen dienen einem guten Zweck», sagte sie.

«Danke.»

Sie stießen an.

Immer mehr Eisläufer hielten an der improvisierten Raststätte, bald standen Esther und er in einem Pulk von Friedrichstädtern. Esther stellte ihn jedem einzeln vor. Alle waren neugierig, den Großneffen von Onkel Hein kennenzulernen. Dann wollten sie von ihm nur eines wissen: «Was passiert am vierten Advent?»

«Was meinst du?»

«Na, der Basar – wirst du ihn wie Onkel Hein machen? Oder ganz anders?»

Ob er ihn überhaupt stattfinden ließ, war anscheinend keine Frage.

«Ich muss erst mal alles sichten», antwortete Ben.

«Bitte, Ben, lass uns nicht hängen, wir zählen auf dich! Wir haben jedes Jahr unsere Geschenke dort gekauft.»

«Gebt mir etwas Zeit, bitte.»

Dann kam eine Frau mit irrsinnigem Tempo auf die Gruppe vor dem Glühweinfenster angebraust. Ben hätte nicht darauf gewettet, dass sie rechtzeitig zum Stehen käme, aber sie tat es, und zwar direkt vor ihm.

«Moin, du bist Ben, oder?» Sie keuchte vor Anstrengung.

«Ja.»

«Maike Sönnichsen. Ich habe mich um deinen Onkel gekümmert, als er gegangen ist.»

Eine Bestatterin hatte Ben sich anders vorgestellt, vor allem irritierte ihn ihre blinkende Weihnachtsmütze.

«Danke», sagte er.

«Ich habe gehört, du willst die Urne mit der Asche nicht in deinem Laden haben? Wir können gleich rübergehen, dann nehme ich sie mit.»

Erst fand Ben es blöd, so etwas nebenbei am Glühweinstand zu besprechen, andererseits hatte es auch etwas ganz Natürliches.

«Nee, lass man, ich war nur nicht darauf vorbereitet. Wie stellst du dir den weiteren Ablauf vor?»

«Onkel Hein war Seemann, er gehört ins Wasser. Also am besten direkt vor seiner Haustür. Allerdings», Maike kratzte sich an der Schläfe, «die Urne in die Treene zu geben, ist eigentlich nicht erlaubt.» Sie raunte ihm zu: «Aber wir müssen uns ja nicht an die Gesetze halten, oder?»

«Nee.»

«Hast du einen bestimmten Termin im Kopf?»

«In ein paar Tagen?»

Sie verzog das Gesicht. «Auf der Treene kann zurzeit nichts auslaufen, siehst du ja selbst.»

«Könnte man nicht ein Loch ins Eis schneiden und die Asche dort hineinstreuen?», fragte er.

«Würdevoll geht aber anders, oder?»

Womit sie recht hatte …

«Besser, wir machen es, wenn Treene und Eider wieder schiffbar sind», schlug sie vor.

«Das kann aber dauern.»

«Dann ist das wohl nicht zu ändern.»

Das musste Ben einsehen. Damit stand fest, wohin seine nächste Reise von Singapur aus gehen würde.

«Wir sprechen.» Maike winkte ihm zu und fuhr weiter.

Ben wandte sich wieder Esther zu. Die schaute auf ihre Armbanduhr. «Ich muss dringend los zum Nachtdienst», kündigte sie an.

«Wann ist denn in Friedrichstadt das letzte Mal nachts etwas passiert?», erkundigte sich Ben.

Sie zog beide Augenbrauen hoch. «Kürzlich hatten wir einen Einbruch im Spielzeugladen. Da mussten wir sämtliche verfügbaren Kräfte vor Ort zusammenziehen.»

Ben grinste. Dann fiel ihm noch etwas Wichtiges ein:

«Du kommst doch als Polizistin viel rum», sagte er.

«Ja.»

«Kennst du zufällig das Haus, das einen Schwan als Hausmarke hat?»

Sie überlegte einen Moment. «Aus dem Kopf nicht.»

«Danke.»

Sie umarmten sich zum Abschied. Ben nahm erst jetzt wahr, dass sein Tinnitus verschwunden war.

8

Als Ben am nächsten Morgen den Spielzeugladen betrat, warf er einen Blick hoch zur bunten Urne mit den Luftballons und der Windrose, dann grüßte er mit vernehmlicher Stimme: «Moin, Onkel Hein!» Er legte die Lederjacke ab, die immer noch angenehm nach Rasierwasser roch.

Er nahm eine kleine hölzerne Parkgarage von einer Kommode und legte sie auf den Tisch mit der lilafarbenen Samtdecke. Er fotografierte sie mit dem Handy von allen Seiten. Dann schaute er sich weiter um. Es blieb dabei, sobald er ein Spielzeug herauszog, entdeckte er dahinter drei weitere, so ging es in einem fort.

Zwischendurch schaute er immer wieder auf dem Handy nach, was im Internet an Preisen für ähnliches Spielzeug aufgerufen wurde. Dabei zerbrach er sich den Kopf über den Weihnachtsbasar. Alle Friedrichstädterinnen und Friedrichstädter, mit denen er geredet hatte, beteuerten, dass er einen der Höhepunkte in dieser Stadt darstellte, fast gleichzusetzen mit Heiligabend. Ben war ja nun wirklich kein Weihnachtsfan, aber er wollte nur ungern mit Onkel Heins Tradition brechen.

Und mit der Weihnachtsliste war auch noch so vieles

ungeklärt. Vielleicht sollte er das als Erstes angehen. Wer würde sich über diese Seifenkiste ganz besonders freuen? Ein Kind? Oder war sie für jemanden eine Erinnerung oder ein Deko-Objekt? Letzteres glaubte er weniger, die Seifenkiste war solide gebaut, gut geölt und fahrbereit. Mit Nintjes Hinweis auf den Schwan als Hausmarke konnte er es herausbekommen.

Kurz entschlossen schnappte er sich die Lederjacke und verließ das Haus. Den Stadtplan von Friedrichstadt hatte er auf dem Handy genau studiert. Er würde von Haus zu Haus gehen und dabei die Marken genau im Blick haben.

So wanderte er an Enten, einem Segelboot, einem Stör, zwei Fasanen, einer Mühle, einem Schmetterling und einem sich aufbäumenden Hengst vorbei. Aber den Schwan suchte Ben vergebens. Bis in der Osterlilienstraße plötzlich ein Polizeiwagen neben ihm anhielt und das Blaulicht einschaltete. Esther öffnete grinsend die Beifahrertür.

«Komm rein», fordert sie ihn auf.

Er setzte sich neben sie, und sie umarmten sich über die Mittelkonsole hinweg.

«Werde ich jetzt doch noch verhaftet?»

«Gäbe es denn einen Grund?», fragte sie kokett.

«Ohne meinen Anwalt sage ich nichts.»

Sie nickte. «Der wird dir nichts nützen, die Polizei in Friedrichstadt bekommt alles heraus.»

«Schade.»

Dann wurde sie ernst. «Ich habe unseren Postbüddel Kalle angemorst. Der meinte, dein Schwan müsste an einem Haus im Inselweg zu finden sein.»

«Super! Wo ist das?»

«Ich fahre dich eben hin.»

«Ich bin noch nie in einem Polizeiwagen gefahren», stellte er fest.

«So lange du vorne sitzen darfst, besteht keine Gefahr.»

Kurze Zeit später hielt sie an.

«Kalle meinte, es müsste hinter der Hebammenbrücke gleich rechts sein.»

«Wieso heißt sie Hebammenbrücke?»

«Vor hundert Jahren lag hinter dem Ostersielzug das Armeleuteviertel. Die Familien dort hatten im Durchschnitt zwölf Kinder, da mussten Hebammen oft zu Geburten ins Haus kommen. Der Graben war immer ein Hindernis, also hat man als Abkürzung die Brücke gebaut, damit es schneller ging.»

«Ich schätze, die Seifenkiste ist für eine Familie mit Kind, das liegt nahe, oder?»

«Würde ich auch sagen. Obwohl, ausprobieren würde ich sie auch mal gerne.»

Ben lächelte. «Danke, Esther, du hast mir sehr weitergeholfen.»

«Gerne.»

Ben ging über die schmale Fußgängerbrücke. Ein zugefrorener Kanal führte an kleinen rot geklinkerten Häusern vorbei, in den Gärten lagen Boote und Kanus. Aus dem Armeleuteviertel war eine pittoreske Straße geworden, an fast allen Hauswänden rankten Rosensträucher. Die Häuser standen dicht an dicht. Kaum zu glauben, dass die Leute früher auf engstem Raum gewohnt hatten.

Er lenkte den Blick auf die Hausmarken. Erst kam ein Fuchs, daneben entdeckte er einen prächtigen Emailleschwan – endlich! Er trat näher. Laut Klingelschild wohnte hier eine Lina Palmberger. Schöner Name, dachte er.

Er drückte die Klingel und löste damit einen lauten Glockenton aus. Wer würde ihn wohl erwarten? Eine junge Person, oder war sie älter, und ihre Enkel würden mit der Seifenkiste fahren? Nichts passierte.

Gerade als er ein zweites Mal klingeln wollte, öffnete eine grauhaarige Frau mit Kurzhaarschnitt den oberen Teil der Klönschnacktür. Sie trug eine riesige Brille mit schwarzem Gestell und dicken Gläsern, ihre blauen Augen blickten ihn wach an.

«Moin, Ben», grüßte sie und lächelte. «Da bist du ja.»

Die Klappe wurde wieder geschlossen und die Tür ganz geöffnet. Die alte Dame stützte sich auf einen Rollator. Ben war perplex, er hatte die Frau noch nie gesehen.

«Moin, ich bin …», stammelte er.

«Der Großneffe von Onkel Hein, ich weiß. Ich bin Lina. Hein hat mir angekündigt, dass du bei mir auftauchen wirst.»

Diese alte Dame bekam die Seifenkiste? In ihrem Alter war das wohl reine Dekoration. Wieso hatte Onkel Hein sie dann aber fahrbereit gebaut und bestens geölt? Mussten doch die Enkel sein.

«Ich habe ein Weihnachtsgeschenk von Onkel Hein für Sie.»

Sie verzog das Gesicht. «Wir können uns gerne duzen, passt das?»

«Natürlich.»

«Ich bin sogar um ein paar Ecken mit dir verwandt.

Genauer gesagt bin ich eine angeheiratete Cousine von deinem Großonkel.»

Das klang weit weg, aber näher dran als die meisten anderen Menschen.

«Komm rein.»

Er folgte Lina über einen schmalen Flur ins Wohnzimmer. Dort standen bestimmt ein halbes Dutzend Adventskränze mit brennenden roten Kerzen, auf dem Couchtisch, der Kommode, dem Esstisch, der Fensterbank, sogar auf dem Fußboden. An der Deckenlampe hingen Papierengel. Es war wunderbar unaufgeräumt, überall lagen Bücherstapel herum, das gefiel Ben.

«Du bist also der Schwan!», sagte er.

«Ja.»

«Und der Schwan versteht sich mit dem Fuchs nebenan?»

«Wir sind beste Freunde.» Sie schaute ihn betrübt an. «Probleme macht nur das Segelboot eine Tür weiter. Da sitzt eine Oberzicke am Ruder.»

«Sei froh, dass dein schönes altes Haus noch intakt ist. In Friedrichstadt sind ja einige Gebäude mit der Zeit ganz schön schief geworden. Da hätte ich Angst, dass sie zusammenkrachen.»

«Du irrst, die sind extra schief gebaut.»

«Nicht im Ernst.»

«Oben im Giebel war eine Winde, mit der die Waren hoch in die Lagerräume gezogen wurden. Damit die Säcke nicht dagegenschlugen, hat man die Wand schräg nach vorne verlagert.»

Eine verblüffend simple Konstruktion, darauf wäre er nicht gekommen. Er setzte sich auf ein dunkelgrünes

Sofa. Auf dem Tisch davor standen friesisches Geschirr und eine Kanne mit Stövchen.

«Möchtest du einen Tee?», fragte sie.

«Gerne.»

Sie holte aus einem alten Schrank eine zweite Porzellantasse, durch die man fast durchsehen konnte, und goss ihm ein.

«Milch? Kluntjes?»

«Gerne beides.»

Nachdem sie eingeschenkt hatte, blickte sie zu Boden. «Traurig, das mit Hein.»

«Ja.»

«Aber wie schön, dass du in seine Fußstapfen trittst, Ben!»

Sie ging wie anscheinend alle davon aus, dass er den Spielzeugladen übernahm. Er schwieg dazu lieber, Lina musste nicht wissen, dass er schon in ein paar Tagen nach Singapur ziehen würde.

«Ich bereue es, dass Onkel Hein und ich uns kaum je gesehen haben.»

«Ich weiß von ihm aber, dass er immer Anteil an deinem Leben genommen hat.»

Ben blieb skeptisch. «Kann ich mir nicht vorstellen.»

«Doch, über seinen Bruder Falk war Heinrich immer auf dem neusten Stand, was dein Leben anbelangt.»

«Hmm.»

Warum hatte sich Onkel Hein für ihn interessiert? Als Sohnersatz? Wäre er dann nicht häufiger bei ihm aufgetaucht?

«Wann übernimmst du denn sein Geschäft? Vor Weihnachten wäre es günstig, schon wegen des Basars.»

Was für eine absurde Idee!, dachte Ben. Aber es war ja nett von ihr gemeint.

«Ich steige im Laden noch nicht ganz durch», sagte er, und das stimmte sogar.

Lina legte ihre knöcherne Hand auf seine. «Egal, was dabei herauskommt, den Basar am vierten Advent musst du machen! Versprich das bitte. Die Waisenkinder brauchen das Geld.»

Er hob abwehrend die Arme. «Ich würde gerne alles so zu Ende bringen, wie es Onkel Hein gewollt hat. Aber ich bin noch ganz am Anfang. Da stehen zum Beispiel eine Menge Pakete rum, die er Weihnachten ausliefern wollte.»

Lina nickte betrübt. «Er wollte zu Weihnachten immer vielen Menschen eine Freude machen. Dabei wäre er Neujahr aus Friedrichstadt weggezogen …»

«Das höre ich zum ersten Mal! Wo wollte er denn hin?»

Sie zuckte mit den Achseln. «Hat er niemandem verraten.»

«Er hat eine Liste mit Geschenken erstellt, aber bei einigen die Adressaten offengelassen. An deinem Geschenk klebte zum Glück deine Hausmarke.»

«Jetzt machst du mich aber doch neugierig, kann ich es sehen?»

Sie sprang mit einer Geschwindigkeit auf, die er der alten Dame nicht zugetraut hätte.

«Moment», rief er. «Du bekommst es Heiligabend, wie es sich gehört.»

Lina setzte sich wieder und nahm einen großen Schluck Tee. «Was ist es denn?», fragte sie beiläufig.

Sie war keine besonders gute Schauspielerin, er merkte deutlich, wie brennend es sie interessierte.

«Eine Überraschung», antwortete er grinsend.

Sie breitete die Arme aus. «Ungefähr so groß?»

«Wie gesagt …»

Sie zeigte einen Spalt zwischen Daumen und Zeigefinger. «Oder so klein?»

Er gab nicht nach. «Bescherung ist Heiligabend.»

Laut Plan befand er sich da längst auf dem Sprung nach Singapur, wie schade. Er musste trotzdem dafür sorgen, dass die Pakete rechtzeitig zum Fest zugestellt wurden.

«Das darfst du einer alten Frau nicht antun», beschwerte sie sich.

«So sind nun mal die Weihnachtsgesetze.»

«Wo stehen die geschrieben? Die gibt es in Wirklichkeit gar nicht!»

Sein Blick fiel auf ein gerahmtes Schwarz-Weiß-Foto an der Wand, darauf war eine junge Frau mit einer Lederkappe zu sehen, wie sie Rennfahrer früher getragen haben. Sie stand strahlend auf dem höchsten Podest, neben ihr zwei Männer, die verhalten lächelten.

«Wer ist das?», fragte er neugierig.

«Ich.» Lina reckte den Hals.

«Du warst Rennfahrerin?»

«Ja, schnelle Kisten fand ich toll. Außerdem hat es mir Spaß gemacht, es den Männern richtig zu zeigen.»

«Was für Autos bist du gefahren?»

«Nichts unter dreihundert PS.»

«Wow.»

«Klingt aus heutiger Sicht ziemlich unvernünftig – und war es damals auch schon.»

Ben nickte. «Ich kann dir verraten, dass dein Geschenk von Onkel Hein damit zu tun hat.»

Lina überlegte kurz, dann strahlten ihre Augen.

«Kinder, ihr seid verrückt!», rief sie. «Das könnt ihr nicht machen, ich werde wahnsinnig!»

Wie war sie so schnell auf die Seifenkiste gekommen?

«Mein geliebter 911er!», jubelte sie.

Dachte sie wirklich, Onkel Hein schenkte ihr einen echten Porsche?

«Hein und ich haben Jahrzehnte über den Elfer gefachsimpelt, ein Meisterwerk der Technik, nicht zu übertreffen! Wir sind sogar mal zusammen nach Zuffenhausen gefahren und haben uns die Fabrik angesehen.»

«Hattest du denn mal einen Elfer?», fragte er ungläubig.

«Dazu fehlte mir leider das nötige Kleingeld. Einmal habe ich einen übers Wochenende gemietet, allein das hat ein Vermögen gekostet.»

«Wohin bist du damit gefahren?»

«Von Friedrichstadt nach München und dann über den Ruhrpott zurück. Ich wollte nur fahren, fahren, fahren, Schlaf war überflüssig.»

Sie suchte seinen Blick.

«Ich weiß, heute sieht man so etwas anders. Aber Spaß gemacht hat es. Und kurz vor dem Ende bekomme ich nun wirklich einen vor die Tür gestellt?»

Ben wusste nicht, was er sagen sollte. «Vor Weihnachten verrate ich gar nichts.»

«Spielverderber!»

«Wie gesagt …»

Spontan überlegte er, ob er tatsächlich einen Porsche

für Lina mieten sollte. Aber darum ging es gar nicht. Sie würde sich über die Seifenkiste genauso freuen. Bestimmt war sie als Mädchen in solchen Kisten die Deiche runtergerast, und es war der Beginn ihrer Autoleidenschaft gewesen. Sie würde sich die Seifenkiste in die Wohnung stellen und sich jedes Mal, wenn sie sie sah, an ihre besten Zeiten und an Onkel Hein erinnern. Schade nur, dass er das nicht mehr mitbekommen würde.

Kurze Zeit später schlenderte er zurück über die Hebammenbrücke.

Er schloss die Tür zum Spielzeugladen auf. Als Reedereikaufmann war er es gewohnt, zielorientiert und *just in time* zu arbeiten. Aber im Spielzeugladen verzettelte er sich sofort. Bis Heiligabend waren es nur noch zwölf Tage, er musste schneller vorankommen.

Gut, dass der Banker morgen kam und mit ihm über die Konditionen des Verkaufs redete, das würde ihn auf den Boden der Tatsachen zurückholen. Von Träumen allein konnte niemand leben.

9

Moin, Onkel Hein!»

Seinen Onkel zu begrüßen, war Bens tägliches Ritual geworden.

Dann ging er in die Werkstatt und trug die Anschriften der fertig verpackten Pakete in eine Kladde ein. Diese Personen konnte er schon mal von den Geschenken im Alkoven ausschließen, das brachte ihn ein Stück weiter.

In dem Moment traf eine Mail auf seinem Handy ein. Sein Chef wollte ihn plötzlich übermorgen früh in seinem Amsterdamer Büro sehen! Wie das? Vollkommen unmöglich! Ben schrieb schnell zurück, dass er den Transport der Bagger in Indonesien von Friedrichstadt aus regeln würde, sein Chef könne sich auf ihn verlassen.

Er legte das Handy beiseite und stellte den Ton aus. An der Werkbank reparierte er das Motorrad mit Beiwagen, an dem ein Rad klemmte. Die Tänzerin hatte ihn die ganze Zeit im Blick. Ihren klaren Augen entging nichts. Onkel Hein hatte sie mit großer Sorgfalt und Liebe geschaffen, Ben spürte, dass sie ihm viel bedeutet haben musste. Wen die Nachdenkliche und auch der Zauberer darstellen könnten, war ihm nach wie vor schleierhaft. Würde vielleicht eine Suchanzeige in der Zeitung oder im Internet helfen? Aber nein, darauf meldeten sich wahrscheinlich zu viele Spinner. Vielleicht hatte Ben die Vorbilder für die Marionetten auch schon längst in Friedrichstadt getroffen, ohne es zu wissen. Wahrscheinlich würde er es nie herausfinden, aber noch gab er nicht auf. Die Personen waren bestimmt in Onkel Heins Umfeld zu finden, er musste sie ja gut gekannt haben. Nintje wusste mit Sicherheit mehr, aber sie schwieg beharrlich. Ben verstand sie nicht: Warum wollte sie ihm zum Beispiel nicht sagen, woran sein Großonkel verstorben war? Das fand er äußerst seltsam. Steckte dahinter wirklich ein Versprechen, das sie Onkel Hein gegeben hatte?

Die Türglocke erklang und riss ihn aus seinen Gedanken.

«*Hello, Sir?*», rief eine Männerstimme.

Ben ging mit dem Miniaturmotorrad in der Hand nach vorne. Dort standen drei südländisch aussehende Männer. Sie trugen dunkelblaue Overalls mit der Aufschrift MACS und hatten Reisekoffer dabei.

«*Good morning, can I help you?*», fragte Ben.

«Ich spreche ein bisschen Deutsch», sagte einer der Männer.

«Okay.»

«Unser Schiff liegt im Hamburger Hafen, heute Abend fliegen wir zurück in unsere Heimat. Wir sind mit dem Zug hierhergekommen.»

Ben war beeindruckt. «Was kann ich für Sie tun?»

«Zu Uncle Hein, bitte.»

«Er ist leider … verstorben.»

«*I don't understand.*»

«*He passed away.*»

Der Männer sahen ihn betroffen an.

«Sehr traurig, mein Beileid. Wir kennen Uncle Hein seit zwanzig Jahren, er war Officer auf unserem Containerfrachter, guter Mann, immer fair.»

«Ich bin sein Neffe Ben.»

Die Männer reichten ihm die Hand.

«George.»

«Attila.»

«Hercules.»

«Woher kommen Sie?», erkundigte sich Ben.

«Philippines.»

Attila legte seinen Koffer flach auf den Boden und öffnete ihn. Zum Vorschein kamen ein halbes Dutzend Auslegerboote, wie die, die um den Kopf der Tänzerin kreisten und an einigen Weihnachtsbäumen als besonderer Schmuck hingen.

«*For you*», sagte er.

Da trat ein weiterer Mann hervor, den Ben gar nicht reinkommen gehört hatte.

«Moment!», sagte er.

Ben staunte. Es war der Banker. Waren sie jetzt schon verabredet?

«Moin, Ben», grüßte Beucker, als würden sie sich seit Schulzeiten kennen.

«Moin.»

Der Banker setzte ein süßsaures Lächeln auf. «Ich muss dich auffordern, nichts mehr zu verkaufen.»

«Das ist ja wohl meine Sache.»

«Leider nicht. Ich kann dich nur warnen. Alles, was du verkaufst, müssen wir dir abziehen.»

«Nur zu.»

Der konnte ihn mal, also wirklich! Ben wandte sich wieder den anderen Männern zu. «Wollt ihr euch etwas umsehen?»

«Müssen wir nicht», sagte Attila.

«Okay.»

«Wir haben eine alte Tradition mit Uncle Hein.»

«Ich kaufe euch die Boote ab», versprach Ben. Schon weil sie so toll aussahen und weil die netten Männer extra aus Hamburg gekommen waren.

«Wir möchten für die Boote gar kein Geld», sagte Hercules.

«Nicht?»

Hercules schaute erst seine Kollegen, dann ihn an. «Wir haben bei Uncle Hein immer getauscht.»

«Alles klar, schaut euch um, wir können über alles reden.»

«Am liebsten möchten wir Lego, für unsere Kinder zu Weihnachten.»

Ben überlegte. «Dann sind die Lego-Steine im hinteren Raum für euch reserviert?»

Hercules nickte. «Unsere Kinder spielen damit am Strand, bis die Sonne untergeht. Aber auf den *Philippines* ist Lego viel zu teuer.»

Ben begleitete die Männer in den Raum, wo das Lego lagerte. Dort knieten sie sich hin und fingen sofort an, etwas mit den Steinen zu bauen.

Ben ging zurück zu Beucker, der im Laden auf ihn wartete.

«Wir haben für Erbsachen eingespielte Abläufe», sagte er. «Wir versteigern das Haus, und du hast keine Schulden mehr. Das ist mein Angebot.»

«Abgelehnt», sagte Ben.

«Du hast dir bestimmt mehr versprochen, das kann ich verstehen. Aber mehr als eine Null ist nicht drin.»

Da ertönte die Türglocke, und Nintje betrat den Laden. Ihre Wangen waren gerötet, ihre Augen flackerten.

«Hätte ich mir auch denken können, die Geier kreisen schon», fuhr sie Beucker ohne Begrüßung an. Dann wandte sie sich an Ben: «Moin.»

Beucker zuckte mit den Achseln. «Herr Stein kann froh sein, wenn er hier mit plus / minus null rauskommt. Ich habe ein paar Leute an der Hand, die das Haus sofort kaufen würden.»

«Aber nicht als Wohneigentum», warnte Nintje. «Die unteren Räume sind ausschließlich zur Gewerbenutzung ausgewiesen.»

«Was hast du damit zu tun?», fragte Ben Nintje erstaunt.

«Ich bin die Bürgermeisterin von Friedrichstadt.»

«Echt?»

Wieso hatte sie ihm das nicht vorher gesagt?

«Zu jung, zu weiblich?»

Ben hob die Arme. «Nein, ich wusste es nur nicht.»

Nintje wandte sich wieder dem Filialleiter zu: «Also, Herr Beucker, da sind wir uns einig, oder? Das bleibt ein Spielzeugladen, oder ein ähnliches Geschäft.»

«Kleine Gewerberäume laufen in Friedrichstadt nicht», beschwerte sich der Banker. «So bekomme ich das Haus nur weit unter Preis verkauft.»

«Was bedeutet ‹weit unter Preis›?», fragte Ben.

«Du kriegst mindestens ein Drittel weniger. Im Klartext heißt das, dass du für dein Erbe draufzahlen musst.

Die Schulden von Onkel Hein sind höher als der Wert des Hauses.» Beucker sah ihn triumphierend an.

«Ernsthaft?» Ben wandte sich an Nintje. «Kannst du da nicht irgendwas daran drehen?»

«Onkel Heins Laden war ein wichtiger Ort für unsere Stadt und soll es auch bleiben.»

«Aber er wirft zu wenig Profit ab», sagte Beucker. «Das wird allen Nachfolgern genauso gehen.»

«Das ist ein rechtsgültiger Gemeindebeschluss», erklärte Nintje.

«Warum kauft die Stadt den Laden dann nicht?», schlug Ben vor. «Und ihr macht daraus ein Museum?»

Nintje zuckte mit den Achseln. «Das würden wir gerne, aber dafür fehlt uns leider das Geld.»

Ben dämmerte, dass das Erbe finanziell nur schlecht für ihn ausgehen konnte. Wenn als Ausgleich für die geerbten Schulden seine sämtlichen Ersparnisse dabei draufgingen, wäre das einfach nur frustrierend.

«Tja, ich denke, es ist alles geklärt», sagte Nintje. «Ich muss weiter.»

Als sie hinausging, starrte Ben ihr einen Moment hinterher. War das wirklich ihr letztes Wort gewesen? Klar, wenn er Bürgermeister gewesen wäre, hätte er wohl genauso gehandelt.

Ben ließ den Bankmenschen einfach stehen und ging zurück zu den drei Männern. Sie waren mit den bunten Steinen äußerst geschickt umgegangen, in Windeseile hatten sie einen Stall mit Maria und dem Jesuskind gebaut. Ben fiel erst jetzt wieder ein, dass die Philippinen ein überwiegend katholisches Land waren.

«Wie feiert ihr bei euch eigentlich Weihnachten?»,

fragte er. Es interessierte ihn wirklich, und außerdem wollte er auf andere Gedanken kommen.

«Bei uns wird vier Monate lang dekoriert und Advent gefeiert, was das Zeug hält», erklärte Hector. «Wir feiern von September bis Dezember.»

«Wirklich?»

«Kurz vor dem Fest gibt es neun Nachtmessen», ergänzte Attila. «Die *Simbang Gabi*, von drei bis fünf Uhr. Wer alle neun Messen hört, den beschenkt Gott auf besondere Weise.»

«Na denn», meinte Ben. «Nehmt so viel Lego mit, wie in eure Koffer passt. Ich kann mir keine bessere Verwendung dafür vorstellen.»

Jetzt kam Beucker herein und blickte irritiert auf die Männer. «Können wir irgendwo ungestört reden?», fragte er Ben.

«Ja, hier.»

Ben bot ihm einen Platz im Alkoven an. Dann holte er sich einen Stuhl und setzte sich Beucker gegenüber. Plötzlich hörte er, dass im vorderen Ladenteil etwas mit Getöse zusammenbrach. Was war jetzt schon wieder los?

Ben eilte nach vorne und sah, dass die Giraffe vom Hochrad gekippt war und auf dem Boden lag. Lina hockte daneben und machte ein schuldbewusstes Gesicht. In einer Hand hielt sie einen Greifarm, wie ihn Straßenkehrer benutzen, um Papierschnipsel aufzusammeln, in der anderen eine Taschenlampe. Sie kroch auf allen vieren aus dem Spielzeugdschungel heraus, was bestimmt anstrengend für ihre Knie war, aber sie biss die Zähne zusammen.

Ben half ihr hoch.

«Suchst du etwas Bestimmtes?», erkundigte er sich.

«Nö, ich guck nur mal, was es hier so gibt.»

«Und? Schon was gefunden?»

«Och, so dit und dat.»

«Du sagst Bescheid, wenn ich dir helfen kann?»

«Klar.»

Schlecht gelogen, dachte Ben. Lina folgte offensichtlich der inoffiziellen Weihnachtstradition, nach der Kinder versuchten, ihre Geschenke vor Heiligabend im eigenen Haus zu entdecken. Meistens unterschätzten die Eltern, dass Kinder ihre Geheimverstecke genau kannten und zum Beispiel auch hinter Bettwäschestapeln im Kleiderschrank schauten. Aber mit über achtzig?

«Wenn du dein Geschenk vorher findest, nimmst du dir jede Überraschung», meinte er.

«Ich würde eher sagen, dann habe ich länger was davon in meinem restlichen Leben.»

Das klang theatralisch.

«Bis Heiligabend ist es nicht mehr lange», wandte er ein.

«Sagst du!» Sie sah plötzlich traurig aus. «In meinem Alter kann es jede Sekunde vorbei sein, das geht oft schnell. Willst du das wirklich verantworten, Ben?»

«Das ist Erpressung», protestierte er.

«Nein, mein Lieber, das ist das Leben – leider.»

Ben spürte, dass ihre Sorge keinesfalls gespielt war. Es brachte ihn innerlich ins Schleudern. «Du wirst dein Geschenk rechtzeitig bekommen. Und du wirst staunen, das verspreche ich dir!»

«Na, dann», murmelte sie. «Man muss auch verlieren können. Schönen Tag noch.»

Mit gemächlichen Schritten machte sie sich auf den Heimweg. Ben war sich sicher, dass sie sich an der einen oder anderen Klönschnacktür über seine Unbarmherzigkeit beschweren würde. Dabei hatte er längst beschlossen, dass Lina die Seifenkiste vor Heiligabend bekam. Aber das verriet er ihr jetzt noch nicht. Ihre größte Weihnachtsüberraschung würde dieses Jahr ihr Geschenk *vor* dem Fest werden.

10

Hinten saß Beucker immer noch auf der Kante des Alkovens und tippte auf seinem Handy herum.

«Ich habe Ihre finanzielle Situation noch einmal seriös überschlagen», schnarrte er. «Wenn ich den Warenbestand und das Haus gegen Heins ausstehende Kredite rechne, komme ich mit viel Wohlwollen gerade so auf eine schwarze Null. Aber das gelingt nur, wenn wir das Haus ohne Ladennutzung verkaufen.»

Ben glaubte ihm kein Wort. «Wie haben Sie den Warenbestand denn berechnet? Was sind aus Ihrer Sicht die Auslegerboote oder das Nilpferd neben dem Karussell wert, wenn ich fragen darf? Das sind alles Unikate.»

«Das kann man nur grob überschlagen.»

«Mit anderen Worten, Sie wissen es nicht.»

«Im Internet bekommt man solche Sachen auf jeden Fall billiger», sagte Beucker. Er senkte die Stimme. «Ich will mit offenen Karten spielen. Es gibt nämlich noch ein ungleich größeres Problem: Dein Großonkel hat das Haus beliehen, es sind Zigtausende weggeflossen.»

«Wofür?»

«Das hat er nicht verraten. Meine Vorgesetzten werden den Kredit auf jeden Fall fällig stellen. Spätestens dann bist du liquidiert, und es gibt eine Zwangsräumung.»

«Ach ja?» Ben wurde ganz anders.

«Noch kommst du unbeschadet aus der Sache raus. Ich habe Kunden für das Haus, die gut bei Kasse sind.»

«Und die den Laden übernehmen?»

Beucker winkte ab. «Ach, der Laden … der ist nebensächlich …»

«Von wegen, Sie haben doch die Bürgermeisterin gehört!»

«Übertrag das Haus der Bank, und alles wird gut. Wir werden die Stadt wegen des Ladens verklagen und gewinnen. Ich lasse dir die Unterlagen zukommen, du musst nur unterschreiben.»

Was sollte Ben dagegen sagen? Beucker saß am längeren Hebel.

«Ich gebe dir eine Woche und keinen Tag länger.» Damit erhob er sich und ging grußlos hinaus.

Ben betrachtete nachdenklich die drei Männer, die ihre Stallszene inzwischen fast fertig hatten, mit Esel, Hirten und Krippe.

«*Wonderful*», sagte er. Er fotografierte den Stall von allen Seiten.

Die Türglocke ließ ihn zurück in den Laden eilen. Dort wurde ihm zunächst von einem halben Dutzend Männer die Sicht versperrt. Waren das Väter, die Weihnachtsgeschenke für ihre Kinder suchten? Mitten unter ihnen stand Beucker. Er deutete auf das Karussell:

«So eins wollte ich als Kind immer haben! Es ist handgefertigt, das findet man heutzutage kaum noch. Für so ein seltenes Teil geben die Leute Unsummen aus.»

Ben war wie erstarrt.

Beucker stemmte das schwere Karussell hoch. «Was gebt ihr dafür?»

Die Männer begannen jetzt einen richtigen Wettstreit.

«Hundert.»

«Hundertfünfzig.»

«Zweihundert.»

«Zweihundertfünfzig.»

«Dreihundert.»

Beucker grinste. «Keiner drüber?»

«Vierhundert.»

«Vierhundert. Zum Ersten, Zweiten .... her mit der Kohle!» Dann sagte er süffisant zu Ben: «Siehst du? Läuft!»

Ein Mann mit grau melierten Haaren wollte Ben das Bargeld schon in die Hand drücken.

Endlich konnte sich Ben aus seiner Schockstarre lösen. «Hände weg vom Karussell!»

Die Männer sahen erst ihn, dann den Banker an, der sie ganz offensichtlich hierherbestellt hatte.

«Und dafür bin ich extra aus Husum gekommen?», beschwerte sich einer.

Beucker wandte sich nervös an Ben. «Hör mal zu, ich bin kein Betrüger», zischelte er. «Ich will dir nur helfen! Das sind seriöse Antiquitätenhändler aus der Region. Das Geld für das Karussell werde ich mit den Schulden verrechnen, die du bei uns hast.»

Hatte der sie noch alle?

«Noch ist das *mein* Laden!», sagte Ben ruhig.

Beucker sah ihm in die Augen. «Man sollte wissen, wann die Party vorbei ist.»

«Ganz genau.»

Der Typ nervte ihn immer mehr.

«Wären Sie so gut und würden Sie jetzt meinen Laden verlassen?», wandte Ben sich an die Männer und wies sie sanft nach draußen. Sie verließen fluchend den Laden.

«Wann fährst du eigentlich wieder zurück nach Amsterdam?», fragte Beucker.

«Wird sich zeigen.»

«Ach, deine Reederei gibt dir unbegrenzt frei? Kann ich mir kaum vorstellen. Solltest du nicht Weihnachten in die Filiale in Singapur wechseln?»

Der Banker hatte seine Hausaufgaben gemacht.

«Vielleicht bleibe ich ja in Friedrichstadt», behauptete Ben.

«Ernsthaft?»

«Ich habe den schönsten Spielzeugladen Europas geerbt. Kunden aus der ganzen Welt kaufen hier ein, das sehen Sie ja mit eigenen Augen.»

«Bitte erspare uns ein Räumungsverfahren, ich hasse so etwas.»

Ben hielt auch ihm die Tür auf und wies ihm den Weg nach draußen.

Beucker zog beleidigt ab.

Gerne würde Ben behaupten, dass er es ihm gerade richtig gezeigt hatte. In Wirklichkeit war er unsicher. Er wollte auf keinen Fall, dass Beucker das Universum von Onkel Hein verramschte. Doch was konnte er dagegen tun?

Am liebsten wäre ihm, dass alles so bliebe, wie es war. Aber das war die einzige Möglichkeit, die nicht bestand. Ihm musste dringend etwas einfallen.

Die drei Männer kamen nach vorne, sie hatten ihre Koffer mit Lego-Steinen gefüllt – gut so. Im Gegenzug standen zwanzig liebevoll gearbeitete exotische Auslegerboote auf dem Verkaufstresen.

«Alles Gute!», sagte Ben zum Abschied.

«*Maligayang Pasko!* So heißt bei uns *Merry Christmas. Peace and love*, Ben.»

Er spürte, dass es von Herzen kam.

«Für euch auch *Maligayang Pasko*, frohe Weihnachten!»

Als sie gegangen waren, schloss Ben die Ladentür von innen ab. Er ging zur Werkbank, um sich mit den Papieren von Onkel Hein vertraut zu machen. Aber das erwies sich schon bald als unlösbare Mammutaufgabe. Am besten wäre es, wenn Onkel Heins Anwalt in Husum prüfte, wie viel Spielraum er mit der Bank wirklich hatte. Alleine kam Ben hier nicht weiter, und schon gar nicht in so kurzer Zeit.

Gedankenverloren zog er eine Schublade der Werkbank auf und staunte. Ein Fach war gefüllt mit handgeschnitzten Schachfiguren aus Kirschbaum. Es waren ein König, eine Dame, Türme, Pferde, Läufer und Bauern. Sämtliche Bauern hatten individuell gestaltete Gesichter, einige trugen Sonnenbrille, andere hielten eine Sense in der Hand. Die Türme waren krumm und sahen verwittert aus, die Läufer trugen Basecaps, zwei von ihnen waren auf Gehstützen unterwegs, die Pferde schienen im Galopp zu reiten. Der dunkle König hatte als helle Gegenspielerin eine attraktive, sinnliche Königin. Ben war beeindruckt, das waren keine normalen Schachfiguren, das war eine eigene Welt.

Er öffnete eine der Werkzeugkisten. Seine handwerklichen Ambitionen hatte er in den letzten Jahren nirgendwo ausleben können, weil er ausschließlich in kleinen möblierten Wohnungen oder Hotelapartments gelebt hatte. Möglichkeiten zu werkeln gab es dort nicht. Er beschloss, das Verpasste jetzt nachzuholen. Ein Modellflugzeug bekam seinen abgebrochenen Flügel zurück, ein Teddybär wurde an den Füßen neu vernäht. Onkel Hein besaß ausschließlich hochwertiges Werkzeug, mit dem sich hervorragend arbeiten ließ.

Danach schaute sich Ben die handgeschnitzten Schachfiguren an und verspürte Lust, mit ihnen etwas zu gestalten. Nicht mit ihnen selbst, sie waren perfekt, aber vielleicht mit dem Schachfeld? Was konnte man mit den vierundsechzig Feldern tun?

Plötzlich kam ihm eine Idee. An der Wand neben der Werkbank lehnten ein paar viereckige Kanthölzer. Er warf die Kreissäge an und sägte vierundsechzig Teile in unregelmäßigen Längen ab. Sofort roch es im Raum nach frisch gesägtem Holz. Wie angenehm, diesen Geruch hatte er ewig nicht mehr in der Nase gehabt. Die unterschiedlich langen Teile klebte er mit Sekundenkleber senkrecht auf eine Holzplatte. Dadurch entstand ein schroffes Miniaturgebirge.

«Sehr schön!», murmelte er. Genau so hatte er sich das vorgestellt. Anschließend suchte er in den Schränken Pinsel und Lackfarben. Die Hälfte der Holzteile lackierte er schwarz, die andere weiß. Der Holzgeruch vermischte sich mit dem des Lacks, der ihm noch aus der Bastelzeit mit seinem Vater vertraut war, ungesund hin oder her. Sie hatten oft nebeneinander gewerkelt, von ihm hatte er all seine handwerklichen Kniffe und Tricks gelernt.

Anschließend ließ Ben das Schachbrett-Gebirge trocknen und stellte die beiden Figurengruppen in Ausgangsposition. Sie standen in einer Welt aus Höhen, Tiefen und Schatten. Man musste schon mal springen, wenn man weiterkommen wollte. Wie im echten Leben.

Während er gegen sich selbst spielte, fasste er noch einen Entschluss: Er würde aus der Pension ausziehen. Damit vermied er Ärger mit Bürgermeisterin Nintje. Vorher hatte er gedacht, dass sie ihn unterstützte, aber in Wirklichkeit standen sie auf zwei unterschiedlichen Seiten. Bens Platz war jetzt in der Wohnung über dem Spielzeugladen, da gehörte er hin. Wenn auch nur für die kurze Zeit, die ihm in Friedrichstadt noch bleiben würde.

11

Ben fühlte sich wie in einem Schnellzug, der dem 24. Dezember mit zunehmendem Tempo entgegenraste. Sein Kollege John Cussick hatte ihn wegen des Cabrios angerufen, er wollte damit noch vor Weihnachten zu seiner Familie nach Manchester fahren. Ben war das äußerst unangenehm, denn normalerweise hielt er sich an Verabredungen. Er hatte John sein Dilemma in Friedrichstadt geschildert und ihm vorgeschlagen, ihm ein Jaguar-Cabrio zu mieten, falls er es nicht rechtzeitig zurückschaffte. Doch das war komplizierter, als es auf den ersten Blick erschien. Finde mal einer im Dezember ein Cabrio! Als kleine Entschuldigung hatte Ben John einen kniehohen James-Bond-Aston-Martin aus Blech geschickt, worüber der sich sehr gefreut hatte. Aber nach Manchester kam er damit natürlich auch nicht.

In der Reederei hatte Ben vier Tage mehr Abwesenheit rausgeschlagen, um von Friedrichstadt aus ein paar Dinge regeln zu können. Dreißig Sattelschlepper für den Transport der Bagger hatte er in Indonesien schon zusammenbekommen. Vor allem musste er endlich entscheiden, was mit Onkel Heins Haus und den Spielzeugen passieren sollte. Davor drückte er sich, wo er konnte.

Also begann er, Fakten zu schaffen. Die verbliebenen Lego-Steine würde er den drei freundlichen Männern auf die Philippinen schicken – bevor sie Beucker in die Hände fielen. Als er vor der Seifenkiste stand, musste er Lina recht geben: In ihrem Fall war es wirklich nicht nötig, mit der Bescherung bis Heiligabend zu warten. Er rief sie an, um seinen Besuch anzukündigen.

Der Weg zu ihr war zwar nicht weit, aber die Seifenkiste zu schieben, erschien ihm zu anstrengend. Deswegen holte er seinen Wagen von der Pension, öffnete das Verdeck und schnallte die Seifenkiste mit einem Transportband auf den Kofferraum. Die Enden verknotete er mit den Nackenstützen. Es sah abenteuerlich aus, aber er wollte damit ja nicht durch ganz Europa fahren. Blieb nur zu hoffen, dass Esther mit ihrem Streifenwagen heute woanders unterwegs war – oder ein Auge zudrücken würde.

Lina wartete bereits an ihrer Klönschnacktür unter dem Schwan. Das Auto hatte Ben etwas weiter weg geparkt.

«Moin, Ben», rief sie fröhlich.

«Moin.»

Sie schloss die obere Tür, er hörte, wie sie von innen mit einem Schieber verschlossen wurde, dann klapperten Schlüssel, und die ganze Tür öffnete sich. Lina trug fast dieselbe Lederjacke wie er, dazu eine hellbraune Ledermütze mit Ohrenklappen. Um den Hals trug sie einen weißen Schal. Er bemerkte, dass sie etwas unsicher auf den Beinen war, sie benutzte heute weder Rollator noch Gehstützen.

«Wo ist denn nun mein Geschenk?», fragte sie.

«Auf der anderen Seite der Brücke.»

«Pardon, bei mir dauert das Laufen ein bisschen, ich bitte also um Geduld. Aber schon bald sitzen wir in deinem MX-5.»

Er musste lachen. «Du weißt, was für einen Wagen ich fahre?»

«Ich stehe doch nicht umsonst den ganzen Tag an der Klönschnacktür. Es ist ein Rechtslenker mit englischem Kennzeichen, das erste Mazda-MX-5-Modell.»

«Genau.» Er konnte nur staunen.

Sie reichte ihm ebenfalls eine Ledermütze. «Wenn wir im Winter offen fahren, brauchst du was auf dem Kopf. Hier, die stammt von meinem Ex.»

Er fragte nicht weiter nach und setzte sie auf. An seinem Arm bog sie mit ihm um die Ecke. Als sie das offene Cabrio mit der Seifenkiste sah, die er quer über dem Kofferraum befestigt hatte, blieb sie stehen. Begeistert klatschte sie in die Hände.

«Eine Seifenkiste», juchzte sie. «Ein Traum! Als junges Mädchen bekam ich nicht genug davon.»

Plötzlich schossen ihr Tränen in die Augen.

«Was ist?», fragte er leise.

«Mein guter alter Freund Hein … Er wusste genau, wie sehr ich mich freuen würde.»

«Wie schön.»

Dann fing sie sich wieder. «Aber was ist schon eine Seifenkiste auf einem Auto, mein lieber Ben?»

«Keine Ahnung – was meinst du?»

«Das ist wie ein Fisch ohne Wasser.»

Er lachte. «Will sagen?»

Sie klopfte ihm mit ihrer zarten Faust energisch auf die Brust. «Eine Seifenkiste will bewegt werden!»

«Und wo ist die beste Stelle dafür?»

«Ich zeige sie dir.»

Sie ging zur Beifahrertür.

«Der Wagen ist klein und eng», warnte er. «Und wir müssen leider offen fahren, sonst bekomme ich die Seifenkiste mit dem kleinen Cabrio nicht mit.»

«Wieso leider?»

«Na ja, es ist unter null Grad.»

«Als ich fahren lernte, gab es in den Autos noch gar keine Heizungen. Für mich ist das überflüssiger Tüdelkram. Man kann sich doch warm anziehen, oder etwa nicht?»

Er hielt ihr die Beifahrertür auf und bot ihr beim Einsteigen seine Hilfe an, doch die wies sie zurück. Sie drehte sich einfach zur Seite und ließ sich auf den Sitz fallen. Ben setzte sich ans Steuer.

Lina fummelte eine getönte Motorradbrille aus ihrer Manteltasche und setzte sie auf.

Er blinzelte in den grauen Himmel. «Wirst du so stark geblendet?», fragte er sie amüsiert.

«In einem Cabrio trägt man bei jedem Wetter eine Sonnenbrille», belehrte sie ihn. «Und in geschlossenen Ortschaften dreht man die Musik auf – oder hat sich das heutzutage etwa geändert?»

«Nein.»

Er drehte das Radio auf volle Lautstärke. Aus den Lautsprechern kam Rap. Er vermutete, das war nicht ganz ihre Musik, aber sie verzog keine Miene. Bei dem strengen Frost war er froh, dass er Onkel Heins Motorradjacke hatte. Zusätzlich hatte er die Heizung auf volle Stufe gestellt, bei vollem Gebläse, versteht sich.

Auf ihrem Weg durch Friedrichstadt grüßte Lina ein paar Bekannte mit Kopfnicken.

«Wie wunderbar», rief sie. «Die Leute glauben jetzt, dass ich einen jungen Lover habe!»

«Schlimm?»

«Im Gegenteil. Ich werde ihnen erzählen, dass sie sich keine Sorgen machen sollen, weil du ohnehin nur ein One-Night-Stand bist.»

Ben verriss vor Lachen fast das Lenkrad.

«Hast du denn wen am Start?», fragte er sie. Bei keiner über Achtzigjährigen sonst würde er sich trauen, eine derartig indiskrete Frage zu stellen.

«Ist gerade vorbei», seufzte sie.

«Dann schau dich weiter um!»

Sie winkte ab. «Mache ich sowieso, ab achtzig wird es im Internet wieder einfach.»

«Wieso?»

«Da sind die meisten schon weg. Und die, die noch da sind, wollen keine Zeit verlieren und machen keine Spielchen.»

So wollte er auch mal alt werden.

Über eine schmale Landstraße fuhren sie zur Eidermündung. Die Sonne stand plötzlich als riesiger gelbroter Ball über dem Meer. Die Flut lief auf. Sie hielten vor einer Treppe zum Seedeich, und er stieg aus. Er löste die Gurte von der Seifenkiste und trug das Gefährt auf die Deichkrone. Schritt für Schritt führte er Lina hinauf. Sie hatten alle Zeit der Welt.

«Mit solchen Dingern sind meine Schwester und ich als kleine Mädchen den Deich runtergezischt», schwärmte sie.

Ben musste ihr irgendwie klarmachen, dass jetzt natürlich er an ihrer Stelle runterfahren würde.

«Nein, *ich* fahre», sagte sie in einem Ton, der keinen Widerspruch duldete.

«Ernsthaft?»

«Auf hundert Meter Hürdenlauf gewinne ich keine Goldmedaille mehr. Aber Fahren verlerne ich nie.»

Musste er sich Sorgen machen?

Sie kniff die Augen zusammen. «Gibt es irgendwo auf dieser Welt etwas Schönes ohne Risiko?»

Die Seifenkiste war noch niedriger als das Cabrio, aber Lina lehnte seine Hilfe beim Einstieg auch hier strikt ab. Ben war immer noch nicht sicher, ob es richtig war, ihr die Seifenkiste zu überlassen.

Zu spät.

Er gab ihr Anschwung, dann rollten die ungefederten Räder mit erstaunlicher Geschwindigkeit über die hart gefrorene Grasnarbe den Deich hinab. Er schaltete die Kamera seines Handys ein und lief hinterher. Lina lachte begeistert.

Hoffentlich schoss sie nicht über die Grasnarbe hinaus ins Watt und kippte um, dachte er. Doch Lina war Profi. Sie bremste unten nicht, sondern drehte eine elegante Schleife, die sie in der Gegenrichtung wieder ein Stück den Deich hinaufbrachte. So hätte sie auch einen Porsche mit Bremsenausfall zum Stehen bekommen.

Sie strahlte. «Ich fühle mich wie mit zehn.»

«Noch einmal?»

«Nee, das wird mir dann doch zu viel.»

Er half ihr heraus, weil das für sie allein viel schwieriger war, als sich hineinfallen zu lassen. Als sie wieder aufrecht stand, zeigte er ihr den Film auf seinem Handy.

«Kannst du das ins Netz stellen?», fragte sie. «Insta, Facebook, Tiktok?»

Ben staunte erneut. «Na klar, gerne.»

«Und das wird dann ewig von mir zu sehen bleiben?»

Er lächelte sie an. «Da kannst du dich drauf verlassen.»

«Sehr gut.»

Er zog die Seifenkiste an einer starken Schnur, die unter der vorderen Haube befestigt war, den Deich hoch und schnallte sie dann wieder hinten auf den Kofferraum.

Als sie vor ihrem Haus angekommen waren, war er ziemlich durchgefroren. Lina sah erschöpft, aber glücklich aus.

«Ich trage dir die Seifenkiste ins Haus», sagte er, schnallte sie ab und schloss das Verdeck.

«Nein.»

Ben sah sie fragend an.

«Lass mal, die gehört in Kinderhand. Schenk sie einem Kind, das Freude daran hat.»

«Aber wenigstens für ein paar Tage sollte sie bei dir bleiben.»

Sie schüttelte den Kopf. «Danke dir, Ben, das eben war für mich das schönste Abenteuer seit Jahren.»

Sie umarmte ihn.

Das matter werdende Westlicht von der Nordsee leuchtete in die kleinen Scheiben ihres Hauses. Er begleitete Lina am Arm hinein.

«Ich schaue demnächst wieder in deinem Spielzeugladen vorbei», kündigte sie an.

Er stutzte, hatte sie gerade «*deinem* Spielzeugladen» gesagt? Sie würde enttäuscht sein, wenn er bald nach Singapur verschwand.

«Bitte setz dich noch kurz», sagte sie.

Was kam nun?

«Ich habe noch etwas von Onkel Hein bekommen, das sollte ich dir geben, wenn du mit seinem Geschenk zu mir kommst.»

Onkel Hein hatte also damit gerechnet, dass sie sich trafen? Es kam Ben vor wie ein Spiel, bei dem er allerdings keine Ahnung hatte, worum es ging.

«Es ist etwas sehr Persönliches, was dich und Onkel Hein verbindet. Ich habe keine Ahnung, was es ist. Aber ich sollte es dir genau so sagen.»

Was konnte das sein?

Lina überreichte ihm einen länglichen Lederkoffer, den er auf den Tisch legte und vorsichtig öffnete. Sofort standen ihm Schweißperlen auf der Stirn. Er ahnte nichts Gutes. Und wurde sofort bestätigt.

Als er sah, was in dem Koffer lag, zog sich sein Magen zusammen. Er bekam kaum noch Luft. Verzweifelt versuchte er, seine Not zu überspielen, sodass Lina nichts mitbekam. Aber es klappte nur bedingt.

Sie sah ihn erstaunt an. «Alles in Ordnung mit dir, mein lieber Ben?»

«Jaja.»

«Sicher?»

«Ganz bestimmt, mach dir keine Sorgen.»

In dunkelblauen Samt gebettet lag eine goldglänzende

Trompete! Sie war neu, ein Spitzeninstrument für Profis, wie er es noch nie in der Hand gehalten hatte. Damit konnte man die schönsten Töne hervorbringen, die auf so einem Instrument möglich waren. Jeder Trompetenspieler wäre begeistert gewesen.

Er bekam einen trockenen Mund. Onkel Hein hatte den Heiligabend vor zwanzig Jahren also nicht vergessen.

Jener Tag hatte sein Leben fundamental verändert. Nur deswegen war er nach Asien gezogen, weit weg von der Weihnachtsgefahr. Aber seine Flucht hatte nichts genützt. Die Trompete lag erneut vor ihm, und das wieder kurz vor Weihnachten! Onkel Hein forderte ihn heraus. Er meinte es gut, das wusste Ben, aber er war sich nicht sicher, ob er sich dem stellen wollte.

Mit glühendem Kopf verabschiedete er sich von Lina und schlich dicht an den Mauern der Giebelhäuser entlang zurück zum Spielzeugladen. Das Cabrio ließ er stehen, er fühlte sich nicht mehr in der Lage zu fahren. Den Instrumentenkoffer hielt er krampfhaft in der Hand. Die Giebel erschienen ihm plötzlich düster. Hoffentlich sprach ihn niemand auf den Koffer an. Der sollte einfach nur schnell verschwinden.

Ben war froh, als er vor dem Laden stand und die Tür aufschließen konnte. Die Welt dort drinnen kam ihm inzwischen vertrauter vor als die meisten Orte, an denen er in den letzten Jahren gewohnt hatte. Hier fühlte er sich sicher.

Er setzte sich an die Kante des Alkovens und warf einen Blick auf den Zauberer, den sein Onkel Hein mit so viel Liebe und Sorgfalt gestaltet hatte. Er rechnete nach: einundzwanzig Jahre, elf Monate und dreizehn Tage hatte er keinen Ton auf einer Trompete gespielt. Sollte er es jetzt wieder probieren?

Warum? Nur weil Onkel Hein es mit seinem Geschenk indirekt vorschlug?

Seltsam, dass er daran gedacht hatte.

Ben ließ den Koffer geschlossen, er wollte das Instrument nicht sehen. Damals hatte er beschlossen, ohne Trompete weiterzuleben. Ein Instrument spielen zu können, war schön, aber entbehrlich.

Er schob den Koffer unter eine Kommode in der letzten Ecke der Werkstatt. Er würde ihn nicht mit nach Amsterdam nehmen. Nur ganz leise regten sich Zweifel in ihm: Wollte er das Onkel Hein wirklich antun? Und die Chance verstreichen lassen, die sich ihm bot?

12

Am nächsten Tag kam bereits der Vertragsentwurf von der Bank. Ben setzte sich an die Werkbank und las ihn einmal durch. Er war in dem typischen Juristenkauderwelsch geschrieben. Quintessenz war, dass er der Bank alle Rechte am Haus sowie am Verkauf der Spielzeuge übertragen sollte. Es fühlte sich nicht gut an.

Wie gerne hätte er die Welt von Onkel Hein erhalten! Vielleicht fand er jemanden, der den Spielzeugladen weiterführte? Aber wer sollte das sein?

Es musste nicht alles sofort entschieden werden, beschloss er und legte den Vertrag auf den Papierstapel. Zuerst würde er sich um die andere Aufgabe kümmern, die genauso zu seiner Erbschaft gehörte. Zumal er ahnte, dass die Sache mit der Bank nicht gut ausgehen würde. Wenn Ben das Rätsel der Weihnachtsliste löste, hätte er wenigstens *etwas* für Onkel Hein getan.

Draußen schien die Wintersonne durch die frostklare Luft. Die Tänzerin und die Marionette mit der Metallbrille hielt Ben in den Händen, den Zauberer hatte er vorne an seiner Jacke befestigt, dann marschierte er los. Die Häuser standen so weit auseinander, dass der Schatten auch beim höchsten Stand der Sonne nicht den Sockel der gegenüberliegenden Häuser erreichte.

Er suchte jedes einzelne Geschäft auf. Als Erstes ging er zu den beiden Bäckereien. Wenn die Vorbilder für die Marionetten in Friedrichstadt lebten, würden sie hier Brot und Brötchen kaufen.

Unterwegs fragte er sämtliche Passanten, die ihm in den Straßen begegneten: «Entschuldigung, Onkel Hein hat diese Marionetten gemacht. Ich möchte sie gerne denjenigen zukommen lassen, für die er sie gedacht hat. Weißt du, wer damit gemeint sein könnte?» Doch niemand hatte auf Anhieb eine Idee. Es kam nur immer wieder: «Onkel Hein war die Seele unserer Stadt.» Was ihn freute – und traurig machte.

In der Prinzenstraße gab es ein paar Kunstgalerien, die unter anderem besondere Objekte aus Treibholz anboten, dazu beeindruckende Gemälde von nordischen Landschaften sowie abstrakte Bilder. Er ließ keine aus. Die Galeristen schauten sich die Marionetten genau an, aber auch ihnen fiel niemand ein. Einige schlugen vor, dass er sie ihnen überlassen könnte, weil sie so kunstfertig gearbeitet waren. Aber das war natürlich nicht Sinn der Sache.

Irgendwann kam er zur Buchhandlung Frerichs, die im Fünf-Giebel-Haus neben der kleinen katholischen Kirche lag. Ben ging ein paar Stufen ins Hochparterre. Für Menschen, die das nicht konnten, war eine Klingel angebracht, dann half man ihnen weiter. Der Raum mit der hohen Decke war voller Bücher, die in Regalen standen oder in Stapeln auf den Tischen lagen. Ben wusste von Nintje, dass sein Großonkel fast alle seine Bücher hier gekauft hatte.

«Moin», grüßte er in den Raum, obwohl kein Mensch zu sehen war.

«Moin», kam es von irgendwo zurück. Hinter einem riesigen Bücherstapel tauchte ein mittelalter Mann auf, der ihn über seine randlose Lesebrille hinweg anlächelte. «Kann ich bei irgendwas behilflich sein?»

Ben hielt seine Marionetten hoch. «Es geht um diese Gestalten, die mein Onkel Hein hergestellt hat. Sie stellen Menschen aus Friedrichstadt dar, da bin ich sicher. Aber ich weiß nicht, wer gemeint ist.»

«Du bist Ben?»

«Ja.»

«Schön, dass wir uns kennenlernen, ich bin Piet.» Er gab ihm die Hand. «Unsere Buchhandlung war wie ein zweites Wohnzimmer für deinen Onkel.»

«Das habe ich mir schon gedacht.»

«Die Marionetten sehen interessant aus, zeig mal her.»

Ben gab sie ihm, Piet schaute sie sich genau an.

«Hast du eine Idee?», fragte Ben. Zusätzlich zeigte er dem Buchhändler Fotos von den Gegenständen im Alkoven: die Feuerwehr, das Röhrenradio, den Scheinwerfer. «Kannst du das irgendwem in Friedrichstadt zuordnen?»

«Auf Anhieb nicht.»

«Wer benötigt einen Angstlöscher? Und was soll das überhaupt sein?»

«Es wäre ja schön, wenn wir unsere Ängste mit irgendwas löschen könnten, oder?»

«Klar.»

«Für mich war dein Onkel Hein ein Dichter», sagte Piet. «Die Spielzeuge waren seine Gedichte, jedes hatte eine besondere Bedeutung oder Aussage. Die Menschen, die er beschenkte, bekamen immer genau das Spielzeug, das sie brauchten. Es gab etwas zum Nachdenken, nach dem Motto: Was hat das mit mir zu tun?»

Ben musste lächeln. «Ich weiß, dass ich nichts weiß?»

«Hein hat sich sogar in die Politik eingemischt.»

«Du meinst, richtig aktiv?»

«Na ja, auf seine ganz spezielle Art. Er hat den zerstrittenen Parteien im Stadtrat gezielt Spielzeuge geschenkt, die sie dazu brachten, bestimmte Entscheidungen noch mal zu hinterfragen. Und sie wussten meistens, worauf er hinauswollte. Das war magisch. So gesehen hatte er eine Menge Einfluss in Friedrichstadt.»

«Erstaunlich.»

«Im letzten Vierteljahr war er allerdings kaum noch hier», erinnerte sich Piet.

«Aber was war passiert? Die Gesundheit …?»

«Nein, ich habe ihn zufällig zweimal auf Föhr gesehen, da ging es ihm prächtig, würde ich sagen.»

«Auf Föhr?»

«Ja, ich bin dort regelmäßig im Urlaub. Und die letzten Male habe ich Hein dort eben gesehen …»

«Bei welcher Gelegenheit?», erkundigte sich Ben.

Piet druckste herum. «Ich will nicht petzen.»

«Wieso? Was war dort so schlimm?»

«Es ist eh vorbei.»

«Und wenn Onkel Hein nicht tot wäre? Würdest du es mir *dann* sagen?»

Was natürlich hypothetisch war, denn dann wäre Ben ja gar nicht hier.

Piet überlegte kurz.

«Er hatte sich mit einer Frau liiert.»

«Wirklich? Das ist doch toll!»

Endlich war es raus. Aber was war daran das Problem? Und wieso hatte Nintje nicht darüber reden wollen? Sich zu verlieben, war doch kein Verbrechen …

«Hast du sie kennengelernt?», fragte er.

«Das nicht. Ich habe nur mitbekommen, wie Hein auf Föhr Arm in Arm mit einer … nun ja, deutlich jüngeren, hübschen Frau über die Dorfstraße geschlendert ist. Ein anderes Mal habe ich die beiden mit Schubkarre und Rasenmäher in einem Garten gesehen. Ich hatte den Eindruck, dass er dort wohnt.»

«Wo war das genau?»

«Das kleine Inseldorf heißt Süderende, kennst du das?»

«Nein, ich war noch nie auf Föhr.»

Wieso sollte Onkel Hein kein Liebesleben gehabt haben? Ben hätte es ihm aus vollem Herzen gegönnt. «Hat er dir seine Freundin vorgestellt?»

«Nein, ich war auf dem Rad unterwegs und habe so getan, als wenn ich ihn nicht gesehen hätte.»

«Aber warum?»

Piet rückte seine Brille zurecht. «Es war seine Sache, und das sollte es auch bleiben.»

«Wie alt war die Frau denn ungefähr?»

«So in den Vierzigern.»

Sofort gingen Ben Fragen durch den Kopf: Wo war Onkel Heins Freundin jetzt? Wohnte sie auf Föhr, oder hatten sie dort nur ihren Urlaub verbracht? Nintje wusste das mit Sicherheit, sie musste ihm weiterhelfen, warum sträubte sie sich?

Piet lächelte. «Ich wünsche dir auf jeden Fall gutes Gelingen, wenn du das Erbe von Onkel Hein weiterführst. Das ist wichtig für unsere Stadt.»

«Ich tue mein Bestes», sagte er. Obwohl er nicht wusste, ob das der Wahrheit entsprach.

Draußen sah er den roten Ferrari-Rollstuhl mit dem Zigarre rauchenden Fahrer vorbeifahren.

«Kennst du den Mann im roten Rollstuhl?», fragte er Piet.

«Das ist Thies Martens. Er war dreißig Jahre Friedrichstädter Bürgermeister und Mitglied in allen Vereinen. Nun ist er über neunzig.»

«Ist sein Rollstuhl wirklich von Ferrari?»

«Bestimmt.» Er grinste. Dann wurde er wieder ernst. «Du meldest dich, wenn der Basar stattfindet?»

«Klar.»

Er verabschiedete sich und trat hinaus. Die Wintersonne ließ den Schnee hell aufleuchten und blendete ihn. Nichts schien die Friedrichstädter mehr zu beschäftigen als dieser Basar am vierten Advent. Überall wurde er darauf angesprochen, niemand konnte sich vorstellen, dass er nicht stattfinden würde. So gerne er ihn organisieren würde, es blieb dabei: Finanziell musste er auch an sich denken, er war kein reicher Mann. Gedankenverloren strich er der Tänzerin über den Saum ihres Tutus. Plötzlich bemerkte er einen kleinen Knubbel, der da nicht hingehörte.

War das ein Webfehler? Kaum vorstellbar. Er schaute genauer hin. Und dann wusste er, wer die Tänzerin war.

13

Es fing leicht an zu schneien, dann wurden die Flocken immer dichter, bis sich eine wattige weiße Decke auf die Giebel und Straßen der Stadt legte. Es sah zauberhaft aus.

Ben packte im Lavendelzimmer seinen kleinen Koffer. Nintje war nicht da, aber Fiete begleitete ihn mit wedelndem Schwanz, er konnte wieder mal nicht genug Streicheleinheiten bekommen. Gerade wollte Ben sich an den Laptop setzen, um die fehlenden Bagger in Indonesien zu organisieren, da wurde die Eingangstür geöffnet, und Nintje schleppte einen großen Weihnachtsbaum herein, der mit einem dünnen Netz verschnürt war.

«Kann ich dir helfen?», fragte er.

Sie nickte. «Der muss in den Eisenständer neben der Rezeption.»

«Okay.»

Ben packte mit an und hielt den Stamm fest, während Nintje auf die Knie ging und die Schrauben anzog.

«Okay?», fragte er.

«Moment … jetzt!»

Sie stand auf und schaute sich das gemeinsame Werk an.

«Sitzt, passt, wackelt, hat Luft», meinte sie.

In einem Karton vor dem Rezeptionstresen lag der Schmuck, der an den Baum gehörte: Auslegerboote mit Segeln aus Palmenblättern, kleine Blechflugzeuge, gehäkelte bunte Seepferdchen und ein paar Christbaumkugeln in Rot, Grün und Silber.

«Ist es nicht etwas früh für den Baum?», fragte Ben. «Bis Weihnachten sind es immerhin ja noch zehn Tage.»

«Umso länger habe ich was davon», meinte sie.

«Na, denn.»

«Wo feierst du dieses Jahr?», erkundigte sie sich.

«Im Airport-Hotel in Amsterdam.»

Sie nickte. «Schön da?»

«Geht so. Am nächsten Morgen geht es um sechs Uhr früh nach Singapur.»

«Hört sich so an, als wenn du etwas gegen Weihnachten hast.»

Bingo!

«Sagen wir mal so: Ich mache mir nicht viel daraus.»

Sie ließ sich in einen Ledersessel fallen. «Kein Mensch muss müssen.»

Dann zog sie ihre Jacke aus. Darunter trug sie einen hellblauen Wollpullover, der ihr hervorragend stand.

«Du ziehst aus?» Sie deutete auf seinen Koffer.

«Bevor ich fahre, möchte ich noch ein paar Tage in … meinem Haus wohnen.»

Es war das erste Mal, dass er es so ausdrückte.

«Verstehe.»

«Ich habe übrigens auch ohne dich interessante Dinge über meinen Großonkel herausgefunden.»

«Ach ja?» Ihre Augen blitzten auf.

Er setzte sich ihr gegenüber. «Kann es sein, dass er in letzter Zeit öfter auf der Insel Föhr war?»

«Wie kommst du darauf?», murmelte sie.

«War Hein mit einer jüngeren Frau zusammen?»

Vielleicht hatte Piet ja übertrieben, aber er gab das einfach mal so weiter.

«So würde ich es nicht ausdrücken.»

Also ja!, dachte Ben.

«Sondern?»

«Bitte, Ben ...»

«Was ist schlimm daran, dass Onkel Hein eine Freundin hatte?»

Nintje schwieg beharrlich.

«Gut, lassen wir das», meinte er. Er schaute ihr in die Augen. «Champagner?»

Der rasante Stimmungsumschwung irritierte sie sichtlich. «Gibt es denn etwas zu feiern?»

«Ja.»

«Deinen Auszug bei mir?»

«Nein, ich war gerne hier.»

«Warte ab, bis du meine Rechnung gesehen hast.» Sie grinste.

Ben hatte eine Flasche Champagner in den Kühlschrank seines Zimmers gestellt, die er jetzt holte. Nintje fischte zwei Gläser hinter dem Tresen der Rezeption hervor. Ben öffnete vorsichtig und schenkte ihnen beiden ein.

«Ich muss mit dir reden», kündigte er an.

Sie klemmte sich eine Haarsträhne hinters Ohr. «Wenn es um die Nutzung des Ladens geht – ändere ich meine Haltung nicht, das sage ich gleich.»

«Schade, ich wollte dich eigentlich gerade betrunken

machen und dann ein paar unseriöse Papiere in der Sache unterschreiben lassen.»

«Netter Versuch.» Sie lachte.

«Mensch Nintje, ich würde den Spielzeugladen liebend gerne erhalten, wie er ist. Aber ich bin leider kein reicher Sponsor mit Geld ohne Ende.»

«Vielleicht finden wir ja eine andere Lösung.»

«Dann aber bitte schnell, in zehn Tagen bin ich weg.»

«Ich weiß.»

«Aber darum geht es gerade nicht.»

«Worum dann?»

«Können wir erst mal anstoßen?»

«Gerne.»

«Prost.»

«Prost.»

Sie nahmen einen Schluck. Fiete legte sich auf Bens Füße, was sich angenehm anfühlte.

«Wohin ist der Kredit geflossen, den sich Onkel Hein von der Bank auf das Haus geliehen hat? Zu seiner Freundin?»

«Alles weiß ich auch nicht.» Sie zuckte mit den Achseln.

Ben nahm einen weiteren Schluck. «Träumst du eigentlich manchmal vom Tanzen?»

Sie sah ihn erstaunt an. «Was? Wie kommst du jetzt darauf?»

Ben hielt ihrem Blick stand. «Hast du jemals davon geträumt, Ballett zu tanzen?»

«Du meinst, so richtig, in Tutu und auf Spitze?»

«Ganz genau: Primaballerina Nintje, die in der ganzen Welt gefeiert wird.»

«Ernsthaft oder als Mädchentraum?»

«Egal, beides.»

Sie schüttelte den Kopf. «Hör auf, Ben, dafür habe ich nicht die Figur, und das war nie anders.»

«Das hast *du* jetzt gesagt.»

«Sicher.» Ihrem Gesichtsausdruck nach zu urteilen, war ihr das Thema unangenehm. «Worauf willst du hinaus?»

«Einen Moment.» Er erhob sich.

Fiete folgte ihm in sein Zimmer. Ben nahm die Tänzerin, die er in rotes Geschenkpapier eingewickelt hatte, und ging damit zurück zu ihr. Das Paket legte er auf den Tisch. «Diese Figur ist für dich, mit den allerbesten Grüßen von Onkel Hein.»

Sie entfernte behutsam die Verpackung. Als die Marionette zum Vorschein kam, wirkte sie fast enttäuscht. «Aber die kenne ich doch, das ist die Tänzerin!»

Fiete spitzte die Ohren und wedelte mit dem Schwanz.

«*Du* bist die Tänzerin», sagte Ben und blickte ihr in die Augen. «Sie ist Onkels Heins persönliches Erbe für dich.»

«Wie kommst du darauf?»

«Fahr mal am Rocksaum entlang.»

Sie tat es und blieb an der kleinen Innentasche hängen. «Was ist das?»

«Da hat er etwas für dich versteckt.»

Sie zog den Zettel heraus und las laut vor: «Onkel Heins Abschiedsrednerin».

Nintje wirkte fast schockiert, sie starrte erst Ben, dann die Tänzerin an. «Aber sie sieht mir überhaupt nicht ähnlich! Ich meine, so rund bin ich nun auch wieder nicht.»

«Das behauptet Onkel Hein auch nicht. Das ist gar

nicht das Thema. In jedem von uns stecken doch verschiedene Charaktere, oder? Ich meine, über das hinaus, was wir zu sein oder darzustellen meinen.» Er betrachtete die Figur. «Sie strahlt Vitalität und unbändige Energie aus, vielleicht hat Onkel Hein deswegen an dich gedacht.»

«Lass das bloß niemanden im Rathaus hören.»

«Wieso? Haben die anderen ein Problem mit Frauen, die wissen, wo es langgeht?»

Sie blieb einen Moment starr sitzen. Dann beugte sie sich vor und umarmte ihn, ihre Nase berührte kurz seinen Hals.

«Danke, Ben.»

Sein Herz pochte laut auf. Ob sie das mitbekam?

Draußen heulte der Wind ums Haus, sie hörten ihm eine Weile stumm zu. Ben blickte abwechselnd auf Nintje und die Tänzerin, die anscheinend eine Flut von Emotionen bei ihr auslöste. Nach einiger Zeit räusperte sie sich. «Zwischendurch hatte ich vermutet, dass *du* der Tänzer bist», sagte sie.

«Wieso das?»

«Na, so leichtfüßig wie du dich im Spielzeugladen bewegst …»

«Hör auf, ich bin ein bodenständiger Reedereikaufmann.»

Sie lachte. «Alles klar. – Wie war das mit den verschiedenen Seiten, die in uns stecken?»

«Aber wie kommst du bei mir auf Tanzen?»

«Lebenserfahrung.»

«Ach ja?»

Sie grinste. «Immerhin bin ich fünf Jahre älter als du.»

Woher wusste sie das nun schon wieder?

«Und was heißt das?»

Sie spitzte den Mund. «Ich habe Dinge erlebt, die erst noch auf dich zukommen.»

Da musste er lachen. «Gib mal nicht so an.»

«Als du ein Baby warst, hätte ich deinen Kinderwagen schieben können.»

«Und als du deinen ersten Freund hattest, war ich noch ein unschuldiger Junge.»

«Dazu sage ich nichts.»

Er blickte ihr neugierig in die Augen. «Wie schade, gerade das finde ich äußerst interessant.»

Sie nickte. «Inwiefern?»

Er lächelte vielsagend.

«Du bist bald wieder weit weg», sagte sie leise.

«Ja.»

«Damit steht fest, dass wir nicht zusammenkommen, so ist es doch.»

Er war überrascht, dass Nintje es so klar und offen aussprach. Das war ihm bei einer Frau noch nie passiert.

Beide schwiegen einen Moment.

«Ich muss dann», sagte er und schnappte sich seinen Koffer.

Nintje stand auf, sie umarmten sich vorsichtig, dann ging er hinaus. Als er im Schnee unter dem Pensionsschild stand, dachte er, dass das eben ein wunderschöner Moment gewesen war. Hätten sie mehr daraus machen sollen?

Er schob den Gedanken beiseite, wohin sollte das führen? Sie hatte ja recht, bald war er weit weg.

Vor seiner Abreise musste er unbedingt noch herausfinden, wer die Nachdenkliche und der Zauberer waren. Irgendetwas sagte ihm, dass die Antwort auf der Insel Föhr lag. Am besten also, er fuhr dorthin.

Hatte er dafür Zeit? Sein Chef würde ihn umbringen, wenn er noch später nach Amsterdam zurückkäme, außerdem brauchte John Cussick seinen Wagen. Aber Ben würde es sich nicht verzeihen, wenn er hier vor Ort nicht alle Rätsel seines Onkels gelöst hätte.

14

Als Ben morgens in Onkel Heins kleinem Dachzimmer aufwachte, blieb er noch einen Moment im Bett liegen. Ihm kam es so vor, als wären die Geräusche hier anders als überall sonst auf der Welt. Beim Duschen fiel ihm auf, dass das Badezimmer anscheinend gerade neue Schieferkacheln erhalten hatte. Unter dem heißen Wasserstrahl wurde ihm klar, dass er nichts zu essen eingekauft hatte. Er beschloss, das Frühstück später auf der Fähre einzunehmen.

Als er in das Cabrio stieg, dämmerte es gerade. Vorm Losfahren warf er noch einen Blick auf die weite Eisfläche der Treene. Dann fuhr er über das rumpelige Kopfsteinpflaster Richtung Marktplatz. Eine Woche lang hatte er Friedrichstadt nicht verlassen, sein Kopf war voll von all den Bildern und Eindrücken. In langsamem Tempo verließ er die Stadt und musste sich erst wieder umstellen: Dass es um Friedrichstadt herum keine Häuser mit prachtvollen Giebeln und keine Grachten gab, kam ihm inzwischen seltsam vor.

Den Zauberer und die Nachdenkliche hatte er über die Rückenlehne des Beifahrersitzes gehängt, sie blickten neugierig durch die Frontscheibe in die Landschaft.

Auf der Sitzfläche lag der Lederkoffer mit der Trompete. Nach langem Hin und Her hatte er sich doch entschieden, ihn mitzunehmen. Vielleicht ergab sich ja auf Föhr eine Gelegenheit, an einem einsamen Strand zu spielen, wo ihn niemand hörte …

Die leere Marschlandschaft um Friedrichstadt herum war mit einer dünnen Schneeschicht bedeckt, der graue Himmel sah verschlafen aus. Auf der Straße vor ihm schlich ein Lastwagen, den er mit seinem Rechtslenker nicht überholen konnte, weil die Gegenfahrbahn nicht einsehbar war. Aber was er nicht ändern konnte, regte ihn nicht auf, das war einer der Grundsätze, die er vor allem in Asien verinnerlicht hatte. «Der beste Kämpfer ist nie wütend», hatte sein Chef in Shanghai immer Laotse zitiert.

Ben stellte das Radio an und hatte Glück, der Advent machte gerade Pause. So tuckerte er mit einem fröhlichen Song von Ed Sheeran hinter dem Lkw her. In Nordfriesland tauchten keine unvermuteten Berge und Täler auf, trotzdem gab es in der tellerflachen Landschaft jede Menge Überraschungen. Der Himmel öffnete sich gerade einen Spalt und ließ etwas Sonne durch. Sie beleuchtete einen Ausschnitt der Wiesen, einige Reetdachhäuser und Windräder, die sich im leichten Wind munter drehten.

Hinter Bredstedt bog er von der Bundesstraße ab in den Hauke-Haien-Koog. Ein großes Schilfmeer breitete sich hinter dem Seedeich aus, das aussah wie ein Standbild. Die Wolkendecke löste sich nun vollständig auf, die prallgelbe Wintersonne brach ungehindert durch. Millionen verfrorener Schilfhalme leuchteten unter dem blauen Himmel goldfarben auf und wiegten sich im aufkommenden Westwind Richtung Osten.

Ben wollte die Morgenfähre zur Insel Föhr erreichen und noch am selben Tag wieder zurückfahren. Er war sich nicht sicher, was genau er eigentlich herausfinden wollte, bevor er wieder nach Asien entschwand. Er wusste gar nichts: Hatte Onkel Heins Geliebte dort ein Haus oder eine Wohnung, oder hatten sie sich in einer Pension getroffen? War sie vielleicht mit jemand anderem verheiratet? Wenn er wenigstens ihren Namen gekannt hätte!

Im Dagebüller Hafen war fast nichts los, der Vorplatz war so gut wie leer. Die Fähre wartete bereits am Kai, am Mast war ein kleiner Weihnachtsbaum befestigt. Außer Ben fuhren nur ein halbes Dutzend Autos und ein Milchlaster an Bord. Dick eingemummelt in die Motorradjacke, begab er sich auf das Vorderdeck. Nach kurzer Zeit wurden die Maschinen hochgefahren, und das Schiff legte ab.

Er spürte, dass in diesem Moment irgendetwas mit ihm geschah. Gefühlt ließ er eine Menge Ballast auf dem Festland zurück, alles war irgendwie leichter. Der Himmel über dem Wattenmeer schien so weit und offen wie nirgendwo anders, das Blau war mit lila Streifen marmoriert. Im Nordseewasser dümpelten Tausende Eisschollen, die in der Sonne glitzerten.

Ben fühlte das Echo der letzten Tage in sich, das Eislaufen auf den Grachten, die Menschen, die er kennengelernt hatte, Esther, Lina, Piet und all die anderen. Und natürlich immer wieder Nintje.

Vor den Sandbänken tauchten die Giebelhäuser am

Marktplatz auf, die Giraffe auf dem Hochrad und die Auslegerboote mit den Segeln aus Palmblättern. In Friedrichstadt hatte er sich in einer Welt bewegt, die er zuvor nicht gekannt hatte, die aber trotzdem eng mit ihm verknüpft schien.

Die Fähre zog ihren Kurs parallel zur lang gestreckten Hallig Langeneß. Vor ihm rückte Föhr immer näher, etwas weiter dahinter war Amrum zu erkennen. Auf dem Autodeck war kein Mensch zu sehen. Ben zögerte einen Moment, dann öffnete er den Lederkoffer auf dem Beifahrersitz. Auf dem dunkelblauen Samt glänzte die Trompete wie ein Schmuckstück. Er nahm sie heraus, setzte sie an den Mund.

Er holte tief Luft.

Dann versuchte er, «Gloria in excelsis Deo» anzuspielen, Bach-Werke-Verzeichnis 191, am ersten Weihnachtstag 1742 in Leipzig uraufgeführt. Es war das letzte Stück, das er gespielt hatte, er wusste *alles* darüber.

Anfangs presste er nur ein paar jämmerliche Töne heraus und brach schnell ab. Zum Trompetenspiel brauchte es das Zwerchfell und eine ausgeprägte Bauchmuskulatur, um die Töne zu halten. Dazu die Mundmuskulatur, genauer gesagt, den Mundringmuskel, den Unterlippenherabzieher, den Mundwinkelherabzieher und den Mundwinkelheber sowie den Jochbeinmuskel und die Lachmuskulatur. Man musste sie trainieren wie beim Sport.

Irgendwann schaffte er es endlich, die Melodie mit Lippen und Bauchmuskeln einigermaßen zu halten. Die Akustik auf dem Autodeck war phänomenal, es hallte wie in einem Festsaal. Während er spielte, blickte er aufs

Wattenmeer, das sich vor ihm ausbreitete, ein leichter Seewind begleitete die Töne mit beifälligem Rauschen. Konnte das wahr sein?

Plötzlich stellte sich ein junger Matrose mit kurz geschnittenem blondem Bart neben ihn. Er hatte sich keine Jacke übergezogen, sondern trug nur seine dunkelblaue Hose und das weiße Uniformhemd. Ben setzte die Trompete ab.

«Der Kapitän hat was gehört», meinte der Matrose. «Ich sollte nachsehen.»

Ben blickte zu Boden. «Das war meine Trompete.»

Der Matrose zückte sein Walkie-Talkie. «Käpt'n?»

«Was war?», krächzte eine raue Männerstimme zurück.

«Trompete», gab er an die Brücke durch.

«Okay, weitermachen.»

«Hast gehört», forderte ihn der Matrose auf.

«Nee, ich spiele nur für mich.»

«Schade, ich höre das gerne.»

«Spielst du auch ein Instrument?»

«E-Gitarre.»

Es kam Ben absurd vor, wie ein Gespräch unter Musikern. Was er definitiv nicht war und nicht sein wollte! Der Matrose nickte und verschwand.

Der eiskalte Seewind fegte über das Autodeck. Ben zog es jetzt doch nach drinnen, wo es angenehm warm war. Er bestellte sich ein Krabbenbrötchen und einen Kaffee, dann setzte er sich vor die bodentiefen Scheiben, die die näher kommende Insel zeigten. Es kam ihm vor wie ein Kinofilm.

Wenn Onkel Hein nach all seinen Jahren in Friedrichstadt plötzlich nach Föhr ziehen wollte, musste die Insel eine große Bedeutung für ihn gehabt haben. Ben konnte sich immer noch nicht vorstellen, dass sein Großonkel im Alter von siebenundachtzig mit einer Vierzigjährigen zusammengekommen war. Nintje wusste mit Sicherheit mehr darüber, aber sie schwieg.

Zwischendurch hatte es Momente gegeben, da hatte Ben gedacht, sie wären sich nähergekommen. Aber dann wies sie ihn wieder zurück.

Wahrscheinlich war es sinnlos, Onkel Heins Freundin zu suchen. Warum sollte sie seinen Großneffen treffen wollen? Hätte sie das vorgehabt, wäre sie längst nach Friedrichstadt gekommen. Aber das hatte sie nicht getan.

Sein Wagen wurde als letzter von Bord gewunken. Ben suchte sich einen Parkplatz im Hafen. Von dort rief er die Landkarte der Insel auf, um den Ort Süderende zu finden. Er lag nur zehn Kilometer entfernt.

Auf der Insel hatte es stärker geschneit als auf dem Festland, sämtliche Reetdachhäuser lagen unter einer dicken weißen Watteschicht. Nirgendwo sah er einen Menschen auf der Straße, die Insel gehörte um diese Zeit sich selbst. Er fuhr durch die weite Marsch. Mitten im Nichts lag Süderende. Und jetzt?

Er konnte schlecht an allen Türen klingeln und nach der Geliebten seines Großonkels fragen! Egal, sagte er sich. Ich schaue einfach, dann habe ich den Ort, in dem Onkel Hein die Frau getroffen hat, wenigstens mal gesehen. Außerdem tat es gut, auf einer Insel zu sein, er merkte, wie die Anspannung der letzten Tage von ihm abfiel.

Am Ortseingang hielt er vor einer uralten Kirche an, die ihren verwitterten Turm trotzig in den kalten Seewind reckte. Ben stieg aus und ging zu dem Friedhof, der die Kirche umgab. In die Grabsteine waren die Lebensgeschichten der Verstorbenen eingemeißelt, angefangen bei Walfängern und Seeleuten aus dem fünfzehnten Jahrhundert. Der eisige Wind brachte die Gräber zum Heulen – oder umgekehrt?

Weit und breit war kein Mensch zu sehen. Sollte er es wagen? Das erste Mal seit Jahrzehnten? Auf dem Autodeck der Fähre hatte es zwar geklappt, aber was war, wenn es in der Kirche wieder hakte? Würde er dann durchdrehen? Sollte er das wirklich riskieren?

Er wollte es wissen. Also ging er zum Wagen und öffnete den Instrumentenkoffer. Mit der Trompete in der Hand ging er zurück zur Kirche. Schon auf diesem kurzen Weg wurden seine Finger eiskalt. Er wuchtete die schwere Eingangstür auf und betrat den Innenraum. Alles hier war jahrhundertealt, die Heiligenbilder, die verzierten Steinbögen, die Kirchenbänke.

Ganz langsam schritt Ben nach vorne zu dem mittelalterlichen Holzaltar. Unschlüssig hielt er seine Trompete fest und begann, an den Ventilen herumzuspielen.

Der Film von damals lief vor ihm ab, unweigerlich. Die Kirche in Frankfurt war viel größer als diese. Es war Heiligabend, er war zwölf Jahre alt und saß hinter dem Vorhang in der Sakristei. Von dort sah er die Leute in Scharen hineinströmen, die Bänke füllten sich bis auf den letzten Platz. Zu seiner schwarzen Cordhose trug er einen weißen Rollkragenpullover, den er sonst nie anhatte. Der schlaksige Pastor begrüßte ihn herzlich und betonte noch einmal, wie sehr er sich auf Bens Trompetensolo freute.

Zu diesem Zeitpunkt spielte er seit fast drei Jahren. Ben war vom Kung-Fu zur Trompete gewechselt, ihn hatte der körperliche Einsatz an diesem Instrument gereizt. Es verlangte eine ausgefeilte Blastechnik am Mundstück, aber die Töne wurden im Wesentlichen unten im Bauch gehalten. Schnell lernte er, dass eine Trompete laut sein konnte, es aber nicht musste. Seine Lehrerin hatte ihm gleich zu Anfang die leisen Töne beigebracht. Das klappte natürlich nicht auf Anhieb, dazu musste er eine Menge Geduld aufbringen. Aber die hatte er. Er übte stundenlang, ohne dass ihn jemand dazu antreiben musste. Einige sahen in ihm ein großes Talent, er hatte sich kurz zuvor für einen Workshop bei einem Startrompeter aus New York qualifiziert.

In der Schule hatten alle mitbekommen, dass er in der Christmette vor dem Altar spielen würde, auch die aus den Parallelklassen, sogar aus den Klassen über ihm, dazu sämtliche Lehrerinnen und Lehrer und Eltern. In den Pausen wurde er darauf angesprochen. Vor allem wollte er Suse Sommer aus der 7b beeindrucken – sie hieß wirklich so!

Anfangs hatte er sich in der Schule wie ein kleiner Star gefühlt, was bei ihm als Nichtfußballer sonst nie der Fall war. Er vernachlässigte seine Hausaufgaben und übte nur noch sein «Gloria». Für seine Eltern war es eine Geduldsprobe gewesen, sie hörten Hunderte Male am Tag dieses eine Stück, und seine Trompete war nicht gerade leise. Einmal spielte er es im Musikunterricht vor. Die Lehrerin lobte ihn sehr. Je näher die Christmette rückte, desto häufiger wurde er angesprochen – und bewundert. Auch von Suse aus der 7b.

Sie werde Heiligabend auf jeden Fall kommen, kündigte sie an, und allein das versetzte ihn in blanke Aufregung. Danach würde vielleicht alles in seinem Leben anders werden. Ob er sie dann küssen durfte? Das war zumindest sein Traum.

Am Vormittag des 24. Dezember wusste er nicht, wohin mit sich. Mehr aus Langeweile spielte er das «Gloria» immer wieder durch, obwohl das gar nichts mehr brachte. «Wir sind froh, wenn Weihnachten vorbei ist und du auch wieder was anderes spielst», stöhnte sein Vater. Ben konnte ihm unmöglich von Suse aus der 7b erzählen, das ging seinen Vater wirklich nichts an.

Endlich war es so weit. Als er hinter dem Vorhang auf seinen Auftritt warte, wurde ihm plötzlich ganz anders. Der Organist spielte ein virtuoses Präludium: Heiligabend wollte er zeigen, was er musikalisch draufhatte. Der Pastor begrüßte die Gemeinde und las die Weihnachtsgeschichte vor. Dann war Ben dran. Der wichtigste Moment seines bisherigen Lebens.

Mit der Trompete in der Hand trat er vor den Altar. Über fünfhundert Gemeindemitglieder vor ihm hatten dieses ganz spezielle Heiligabendlächeln im Gesicht, das es an keinem anderen Tag im Jahr gab. Suse aus der 7b saß in der zweiten Reihe und blickte ihn mit strahlenden Augen an. Alle freuten sich auf ihn.

Ben setzte die Trompete an den Mund, der Pastor lächelte. Ben wusste im Schlaf, wie das «Gloria» ging, er verspürte auch kein übermäßiges Lampenfieber.

Urplötzlich jedoch hatte er keine Luft mehr, sein Herz

raste, und ihm wurde übel. Es kam wie aus dem Nichts. Verzweifelt versuchte er, sich zusammenzureißen, aber es nützte nichts. Er stand alleine vor der Gemeinde. Alle lächelten ihm zu, aber die Gesichter wirkten immer angestrengter und erstarrten nach und nach.

Bald wurde die Stille peinlich. Da stand ein verwirrt dreinblickender Junge alleine mit seiner Trompete vor der Gemeinde und war wie gelähmt. Suse hielt sich entsetzt die Hand vor den Mund. Seltsamerweise fiel ihm genau in diesem Moment auf, dass sie einen dünnen Silberring trug. Der Pastor versuchte, die Situation zu retten, indem er schwungvoll das «Gloria» anstimmte. Irgendwann stieg die Orgel ein, die Gemeinde sang erst zögerlich, dann voller Inbrunst mit. Ben blieb reglos vor dem Altar stehen, nicht mal mitsingen konnte er.

Als das Lied vorbei war, legte der Pastor tröstend den Arm auf seine Schulter. Ben trottete mit ihm zurück in die Sakristei, wie ein Schaf, das zur Schlachtbank geführt wird.

Hinterher fühlte er sich nicht nur einfach schlecht. Es gab ihn vielleicht gar nicht mehr.

«Mach dir nichts draus», meinte sein Vater, als sie aus der Kirche zurück waren. Aber so einfach war das nicht. Was für ein blöder Spruch, dachte Ben und schloss sich bei der Bescherung in seinem Zimmer ein.

Nach Neujahr wurde er vom Hausarzt drei Wochen krankgeschrieben. Seine Eltern verstanden zum Glück, dass er die Schule wechseln wollte, um der möglichen Häme seiner Mitschüler zu entgehen. Danach ging er auf eine Gesamtschule am anderen Ende der Stadt, wo niemand ihn kannte. Die Fahrtzeit von einer Dreiviertelstunde nahm er gerne in Kauf. Er machte kein Abitur, wie ursprünglich geplant, sondern begann bei nächster Gelegenheit eine Lehre bei einer Binnenschiffreederei in Duisburg.

Suse aus der 7b hatte er nie wiedergesehen. Weihnachten war für ihn gestorben, er wollte nichts mehr damit zu tun haben. Doch sein Trauma setzte sich fort. Er mied Prüfungen, wo es nur ging, in der Berufsschule hielt er keine Referate. Ganz ließ es sich nicht vermeiden, manchmal musste er doch ran und war dann auch irgendwie durchgekommen – aber niemals ohne Magenschmerzen und Tinnitus.

Nach seiner Ausbildung zog er nach Asien. Je weiter weg von der Frankfurter Kirche, desto besser!

Jetzt stand er alleine vor dem Altar der St.-Laurentii-Kirche auf Föhr. Vor den Holzfiguren aus der Bibel, Maria, Jesus, Johannes und andere. Sie erinnerten ihn ein bisschen an die Marionetten von Onkel Hein, auch wenn diese keine Heiligen darstellten. Er musste an seine letzte Woche denken, die so anders gewesen war als alles zuvor in seinem Leben. Durch die herzliche Aufnahme bei den Friedrichstädtern hatte er sofort seinen Platz im Spielzeugladen und in der Stadt gefunden: als Nachfolger von Onkel Hein, obwohl ihm sein Großonkel vorher so gut wie unbekannt gewesen war.

Ben stellte sich vor den Altar und setzte die Trompete an den Mund. Das Mundstück fühlte sich fremd und kalt an. Er erwartete fast, dass wieder nichts kam. Doch zu seiner größten Überraschung tönte die Melodie wie von selbst durch das Kirchenschiff: «Gloria in excelsis Deo».

Die Töne wanderten die Deckenböden entlang, hüpften über den Altar und die Kirchenbänke bis zu dem alten Schiffsmodell, das hier aufgehängt war. An diesem Ort waren über all die Jahrhunderte sämtliche Frauen und Männer der Insel getauft, getraut und beigesetzt worden, darunter auch die Walfänger, die draußen begraben lagen. Ben spielte für sie alle.

Und wiederholte es gleich noch einmal.

Und dann wieder.

Schließlich improvisierte er noch ein bisschen über der Melodie, sodass sich die Engel im Himmel bestimmt wunderten. Danach war er vollkommen erschöpft. Und erleichtert wie seit Jahren nicht mehr.

15

Eine halbe Stunde später saß Ben wieder im Cabrio. Er war immer noch ganz aufgewühlt von dem, was gerade in der Kirche geschehen war. Nach gut zwanzig Jahren hatte sich auf einer einsamen Insel ein Kreis geschlossen.

Die Suche nach Onkel Heins Freundin war plötzlich nebensächlich geworden. Ben schaute auf dem Handy nach, wann die nächste Fähre zum Festland fuhr: in einer Viertelstunde, das würde knapp werden. Er drückte den Startknopf für den Motor und gab Gas. Was bei der Straßenglätte heikel war, zumal das flache Cabrio sowieso mehr ein Sommerwagen war.

Plötzlich klappte der Deckel des Handschuhfachs auf, und alles, was drinnen lag, fiel in den Fußraum. Statt rechts ranzufahren, versuchte Ben, die Sachen mit der linken Hand aufzusammeln, über die Mittelkonsole hinweg und ohne anzuhalten. Dabei übersah er einen entgegenkommenden Wagen – wo kam der mit einem Mal her? Im letzten Moment riss er das Steuer rum. Es gab einen lauten Knall, der sich nicht gut anhörte. Er ging voll in die Bremsen, was der nächste Fehler war: Dadurch kam er auf der glatten Fahrbahn ins Schleudern und drehte sich einmal um die eigene Achse. Dass er nicht im Graben landete, war reines Glück.

Als er zum Stehen kam, bemerkte Ben, dass er seinen linken Spiegel abgefahren hatte. Sein Herz raste vor Aufregung. Er stieg aus und holte tief Luft. Etwas entfernt stand eine Frau neben einem Kombi. Sie war eingepackt in einen Mantel aus teddyartigem Stoff und hatte ihre Pudelmütze tief ins Gesicht gezogen. Ihr Spiegel sah unbeschädigt aus, wenigstens das! Sie kam auf ihn zu.

«*Do you speak German?*», fragte sie.

«*Yes*», antwortete er, bis ihm einfiel, dass er ja mit britischem Kennzeichen durch die Gegend fuhr. «Ich spreche auch Deutsch», sagte er. «Haben Sie etwas abbekommen?»

«Nein, alles in Ordnung.»

«Tut mir leid, ich bin weggerutscht.» Was etwas geflunkert war, in Wirklichkeit war er viel zu schnell gefahren und hatte nicht aufgepasst.

Sie tauschten Nummern aus, für alle Fälle.

«Mit dem Rechtslenker kann ich ohne Spiegel nicht weiterfahren», sagte er. «Wissen Sie, wo ich auf der Insel einen neuen bekomme?»

«Hier im Ort bei Gabi, ihre Werkstatt hat aber kein Firmenschild. Drittes Haus neben der Schule. Sie ist gerade nicht da, ruf sie einfach an.»

Sie reichte ihm die Visitenkarte einer Mechanikerin namens Gabi Christiansen.

«Danke.»

Ben fuhr im Schritttempo zu der angegebenen Auffahrt und wählte die Nummer.

«Moin», meldete sich Gabi.

Er schilderte ihr sein Dilemma.

«Passend für den Mazda habe ich nichts da», meinte sie. «Aber ich kann einen vom Golf II dranmontieren.»

«Nee, der Wagen ist geliehen, der muss original sein. Ich denke, der Besitzer will nicht mit zwei verschiedenen Rückspiegeln durch die Gegend fahren.»

«Original-Mazda muss ich im Lager bestellen. Die Fähren fahren bei Eisgang nicht regelmäßig, wenn du Glück hast, morgen, kann aber auch zwei Tage dauern.»

«Okay, der Wagen steht bei Ihnen in der Einfahrt, Schlüssel und Papiere werfe ich in den Briefkasten.»

Ben tat es wie angekündigt und verstaute den Trompetenkoffer im Kofferraum. Dann schnappte er sich seinen Rucksack mit dem Laptop und ging zurück an die Hauptstraße. Sollte er sich ein Taxi rufen?

Erst einmal beschloss er, Nintje anzurufen.

«Moin.»

«Moin, Ben, wo steckst du denn?»

Es tat gut, ihre Stimme zu hören.

«Auf Föhr.» Er schaute hinüber zum verschneiten Deich.

«Du lässt nicht locker, was?»

«Ich hatte gerade einen kleinen Unfall.»

«Mein Gott, bist du verletzt?»

«Nein, alles okay. Aber ich brauche eine Unterkunft – kennst du zufällig was auf der Insel?»

«Wo bist du genau?», erkundigte sie sich.

«In der Nähe der Süderender Kirche.»

«Pension Möwennest», sagte sie, ohne zu zögern. «Das ist von dort zehn Minuten zu Fuß.»

Er ließ den Blick über die Schneewüste vor sich kreisen. «Warst du schon mal da?»

«Nee, aber es soll okay sein.»

Über ihm flog ein Austernfischer mit langem rotem Schnabel vorbei – wie der, den seine erste Kundin auf ihrer Brosche gehabt hatte.

«Woher kennst du es dann?»

«Nur vom Hörensagen.»

«Okay, danke.»

«Nicht dafür.»

Er schnappte sich den Zauberer und die Nachdenkliche und stapfte über den Radweg durch den knöchelhohen Schnee. Nach ein paar schnellen Schritten wurde ihm etwas wärmer. Der Himmel hatte eine freundliche blaugraue Farbe angenommen, an einigen Stellen gab es zartrosa Einsprengsel.

Der Weg zur Pension dauerte etwas länger, als Nintje geschätzt hatte. Das reetgedeckte friesische Bauernhaus stand am Ende einer Seitenstraße. An der grün lackierten Holztür gab es keine Klingel, nur einen eisernen Klopfer, den er zweimal hochhob und fallen ließ.

Niemand meldete sich.

Er drückte die Klinke, die Tür war offen. Zögerlich trat er ein.

«Hallo?»

Keine Antwort.

Er ging durch einen engen Flur in den Speiseraum. Der war mit modernen Holzstühlen und -tischen ausgestattet, die nach dänischem Design aussahen. Die Tapeten waren in knalligem Orange gehalten, das hätte er in einem alten Haus nicht erwartet. Auf den Fensterbänken standen bunt gemusterte Vasen und ein Schaukelpferd aus Aluminium.

«Hallo?», rief er ein zweites Mal.

Er kam sich vor wie ein Einbrecher. War es vielleicht Zufall, dass die Tür hier nicht verschlossen war? In Onkel Heins Laden hatte er bei seiner Ankunft ja bereits eine ähnliche Erfahrung gemacht – sollte er wieder verschwinden?

«Ja?»

Ein Mann kam die Treppe runter. Er war vielleicht Mitte fünfzig, hatte graues Haar und stechend blaue Augen und trug eine dunkelblaue Latzhose. In der Hand hielt er einen Putzeimer.

«Kann ich weiterhelfen?»

«Ja, mit einem Zimmer.»

«Okay», murmelte er und ging die Treppe wieder rauf. Ben folgte ihm.

Oben zeigte ihm der Mann ein kleines Zimmer. Eigentlich fand er Singlezimmer mit schmalem Bett deprimierend, aber der fantastische Blick durch das Fenster in der Gaube entschädigte in diesem Fall für alles. Außerdem gab es ein kleines Tischchen, an dem er arbeiten konnte.

«Nehme ich», sagte er.

«Wie ist Ihr Name?»

«Benjamin Stein.»

Der Mann riss den Kopf herum. «Was?»

«Stimmt etwas mit meinem Namen nicht?»

Der Mann winkte ab, sah aber immer noch nervös aus. «Die Chefin ist gerade nicht da.»

Seltsam, dabei hatte er gar nicht nach ihr gefragt.

«Könnte ich vielleicht noch was Kleines zu essen bekommen?»

«Wenn Brotstullen und Käse genügen?»

«Vollkommen. Und hätten Sie auch eine Zahnbürste für mich?»

Immerhin war seine Übernachtung hier nicht geplant gewesen, er war ohne Gepäck unterwegs.

«Lege ich Ihnen neben den Teller.»

«Danke.»

Der Wind draußen war stärker geworden und hatte den Schnee aufgewirbelt. Es war totenstill im Haus. Ben klappte seinen Laptop auf und stürzte sich in seine Arbeit, um weitere Abläufe in Indonesien zu organisieren. Mit den Sattelschleppern war einiges schiefgelaufen, sie waren in den falschen Hafen geordert worden, wie immer das passieren konnte.

Als Erstes besorgte er übers Internet Genehmigungen für die Sattelschlepper, damit sie ins Hafengebiet fahren durften, um die Bagger aufzuladen. Zwischendurch telefonierte er mit John Cussick. Den abgefahrenen Spiegel an seinem Wagen erwähnte er lieber nicht, es war ihm peinlich. Er würde ihm das Cabrio perfekt repariert in Amsterdam vor die Tür stellen, dann war alles gut.

Später ging er nach unten in den Speiseraum. Das Möwennest kam ihm vor wie ein Geisterhotel, auch der Putzmann war nicht mehr da. Immerhin stand ein Korb mit einigen Brotscheiben auf dem Tisch, dazu Margarine und Käse, eine Thermoskanne mit schwarzem Tee. Neben dem Teller fand Ben die versprochene Zahnbürste und eine kleine Tube Zahnpasta.

Er lehnte sich zurück und schaute sich um. Da entdeckte er in einem Regal etwas, was ihn aufschrecken ließ: eine kleine Giraffe auf einem Hochrad, daneben eine Miniaturstraßenbahn aus Blech! Stammten die Spielzeuge etwa aus Onkel Heins Laden? Das konnte Zufall sein. Immerhin war es möglich, dass jemand aus der Pension sie in Friedrichstadt bei Onkel Hein gekauft hatte. Möglich – aber wie wahrscheinlich? Ihn wunderte bald gar nichts mehr.

Nach dem Essen legte er sich in seinem Zimmer aufs Bett. Zum Einschlafen war das beständige Heulen des Seewinds eine Wohltat, unter der warmen Decke fühlte er sich bestens aufgehoben. Er fiel in einen tiefen, satten Schlaf.

16

Am nächsten Morgen schien die Sonne gleißend hell von einem wolkenlosen Himmel auf die weiße Weite. Vor dem Fenster seiner Gaube hing ein Außenthermometer, das minus zehn Grad anzeigte. Das Frühstück im Speiseraum war wieder wie von Geisterhand arrangiert worden, Brötchen, Tee, Marmelade, Käse. Die Marmelade war köstlich, das musste er zugeben, wahrscheinlich war sie selbst eingekocht. Im Haus schien außer ihm niemand zu sein.

Während er aß, musste er immer wieder auf die Giraffe auf dem Hochrad und das Blechspielzeug starren. Es war ein Rätsel. Einerseits, warum sollte die Pensionsbesitzerin sie nicht in Friedrichstadt bei Onkel Hein gekauft haben? Es gab solche Zufälle. Andererseits hatte ihm Nintje genau diese Pension empfohlen … Nach seinem ersten Brötchen rief die Autowerkstatt an. Mechanikerin Gabi musste ihn vertrösten, der Spiegel war, wie befürchtet, nicht mit der Morgenfähre gekommen. Mit anderen Worten, er musste einen weiteren Tag auf der Insel verbringen – Schicksal.

Zum Glück hatte er seinen Laptop dabei, in der Pension kam er bestimmt intensiver zum Arbeiten als im Spielzeugladen, hier lenkte ihn nichts ab. Insofern war die Zeit nicht verschenkt.

Er ging zurück in sein Zimmer. Am Ende des Flurs stand eine Tür offen, ein Staubsauger lag auf der Türschwelle. Aus reiner Neugier ging er hin, um sich das Zimmer anzusehen. Vielleicht würde er irgendwann im Sommer noch mal hierherkommen, man konnte nie wissen. Als er hineinsah, wurde ihm flau im Magen.

Der Raum sah aus wie eine Zweigstelle von Onkel Heins Spielzeugladen, und das war jetzt bestimmt kein Zufall mehr: Auf einem großen Hochrad saß eine Giraffe, überall lag altes Blechspielzeug herum. Außerdem gab es ein Bett und zwei Spinde, wie in Onkel Heins Schlafzimmer, die von oben bis unten mit bunten Stoffen behängt und mit Seekarten beklebt waren.

Er ging hinein. Auf dem Nachttisch stand ein gerahmtes Foto, das Onkel Hein Arm in Arm mit einer deutlich jüngeren Frau zeigte, vermutlich seine Freundin. Also doch!

Ben schaute sie sich genauer an und war verblüfft: Er kannte sie! Das war die Frau, die die Kängurus in seinem Laden gekauft hatte, die mit der Austernfischer-Brosche! *Sie* war Onkel Heins Freundin?

Aber wieso hatte Nintje nichts gesagt, als sie im Laden aufgetaucht war? Sie war doch dabei gewesen. Kannte sie sie nicht? Und wieso hatte die Frau sich nicht zu erkennen gegeben? Bestimmt wusste sie, dass er Onkel Heins Großneffe war.

Verwirrt ging er zurück in sein Zimmer. Er steckte gerade den Schlüssel ins Schloss, als er eine Stimme hinter sich hörte.

«Moin.»

Ben drehte sich um. Vor ihm im Flur stand Onkel Heins Freundin höchstpersönlich. Sie trug einen dunkelgrünen Strickpullover, auf dem eine Brosche mit einem Austernfischer steckte. Ihre großen braunen Augen musterten ihn misstrauisch.

«Moin.» Er gab ihr die Hand. «Kann es sein, dass wir uns schon mal in Friedrichstadt gesehen haben? Im Spielzeugladen von Heinrich Stein?»

«Ja, kann sein.»

«Sie haben zwei Kängurus gekauft.»

«Stimmt.»

Er beschloss, direkt zum Wesentlichen zu kommen: «Hat mein Großonkel Heinrich Stein hier gewohnt?»

«Ja», sagte sie.

Sie war wirklich zäh.

«Ich bin Ben Stein.»

«Ich weiß.»

«Und wer sind Sie?»

«Anneke Petersen.»

Das sagte ihm nichts.

«Ah ja?»

«Wie sind Sie auf unsere Pension gekommen?», versuchte sie es mit einer Gegenfrage.

«Sie wurde mir empfohlen.»

«Von Nintje?»

«Sie kennen Nintje?»

«Nur vom Namen her.»

Sie blickte ihn skeptisch an.

«Du warst Heins Freundin, oder?», fragte er. Er wechselte zum Du, wie offenbar alle es taten.

Sie lachte laut und herzhaft.

«Nein.»

Ihm wurde ganz anders.

«Ich möchte es nur wissen, dann reden wir nie wieder darüber.»

«Es ist ganz anders», sagte sie.

«So? Wie denn?»

Langsam wurde er ungehalten.

Sie biss sich auf die Lippen: «Lass uns nach unten gehen, okay?»

Das klang nach einer großen Sache.

Anneke und er setzten sich im Speiseraum an den Tisch. Sie schwieg einen Moment und schien zu überlegen, dann suchte sie seinen Blick. «Ich bin Heins Tochter», erklärte sie.

Ben schüttelte den Kopf. «Onkel Hein hatte keine Kinder.»

Sie nickte. «Es war auch für mich eine Riesenüberraschung.»

«Warum sollte Onkel Hein verschwiegen haben, dass er eine Tochter hatte?»

«Weil er bis vor ein paar Wochen selbst nichts davon wusste.»

«Wie das?»

Anneke spielte mit dem tönernen Linienbus in der Hand, während sie es ihm erklärte. «Meine Mutter Dörte hatte einen kurzen Urlaubsflirt auf Föhr mit ihm, da waren beide schon über vierzig. Sie dachte, sie könne gar keine Kinder mehr bekommen. Es war nur eine Nacht, dann ist er wieder zurück nach Friedrichstadt gefahren.»

«Und das hat genügt, um …?»

Es war eine blöde Frage, aber er wollte es wissen.

«Meine Mutter ist kurz danach nach Australien gegangen. Erst da hat sie gemerkt, dass sie schwanger war, von ihm. Es kam niemand anderes infrage.»

«Und sie hat sich nie bei Onkel Hein gemeldet?»

«Nein.»

«Warum nicht?»

«Keine Ahnung. Erst kurz bevor sie gestorben ist, hat sie mir verraten, wer mein Vater ist.»

«Hat sie schlechte Erinnerungen an ihn gehabt, oder warum?»

«Gar nicht. Sie wollte das einfach alleine machen, da hatte sie eine Macke. Nach ein paar Jahren ist sie wieder zurück nach Föhr gezogen, weil sie von ihren Eltern das Haus hier geerbt hat. Sie hat das Möwennest bis zum Schluss geführt.»

«Und erst nach ihrem Tod hast du Kontakt zu deinem Vater aufgenommen?»

Anneke nickte. «Er fiel aus allen Wolken. Wir haben versucht, ein kleines bisschen Vater-Tochter-Leben nachzuholen.» Sie blickte zu Boden. «Uns blieben nur wenige Wochen.»

Ben fand das alles unglaublich.

«Wieso hast du mir im Spielzeugladen nicht gesagt, wer du bist?»

«Ich wusste nicht, ob es dir recht ist.»

«Unsinn! Wieso sollte es mir nicht recht sein?»

«Ich war unsicher.»

Ben stand auf. «Können wir uns vielleicht mal umarmen, Cousine?»

Sie erhob sich ebenfalls, dann umarmten sie sich fest und ließen sich eine Weile nicht los.

«Wie nennt man unseren Verwandtschaftsgrad überhaupt?», fragte er, während er Anneke immer noch hielt.

«Großcousine und Großcousin.»

Ben grinste. «Klingt wie Großherzogin und Großherzog.»

«Herr von Stein.»

«Frau von Petersen.»

«Auf jeden Fall sind wir Adelige des Herzens», meinte er lächelnd. Dann wurde er wieder ernst. «Der Spielzeugladen gehört unter diesen Umständen natürlich dir.» Zugegebenermaßen war er darüber sogar ein bisschen erleichtert.

Sie schüttelte den Kopf. «Auf gar keinen Fall, du hast ihn rechtmäßig geerbt.»

«Da wusste Onkel Hein aber noch nichts von seiner Tochter.»

«Papa Hein hat sein Erbe gerecht zwischen uns beiden aufgeteilt.»

«Wie das?»

Sie sah ihn nachdenklich an. «Er hat den Spielzeugladen beliehen, damit ich auf einen Schlag alle Schulden von der Pension tilgen konnte.»

«Du bist seine Tochter, es ist deiner!»

«Es ist alles gut, Ben. Wenn du das Haus in Friedrichstadt verkaufst, machst du kein Minus, darauf hat Papa Hein geachtet.»

Interessant, das hatte Bankmensch Beucker bestimmt nicht zufällig anders gerechnet …

«Du hast ihn ‹Papa Hein› genannt?»

«Er hat das so vorgeschlagen.»

Wenig später wanderten sie zusammen zum Nachbarort Oldsum. Dort stiegen sie auf den verschneiten Deich und blickten runter zum Watt, in dem dicke Eisschollen lagen. Die Gezeiten schoben sie immer weiter ineinander bis hinüber zur Nachbarinsel Sylt.

«Ich stelle mir vor, dass mein Vater jetzt dort hinterm Horizont lebt», sagte Anneke.

«Da, wo sich das Wetter zusammenbraut, bevor es auf die Insel zieht?»

«Genau da.» Sie seufzte.

«Ich freue mich übrigens riesig, eine neue Cousine bekommen zu haben.»

«Und ich erst!»

Ben kratzte sich am Kinn. «Sag mal, hier in der Pension ist doch bestimmt penible Buchführung angesagt, oder?»

«Allerdings, obwohl das nicht gerade meine Hauptbegabung ist.»

Er überlegte. «Was ist deine Lieblingszahl?»

«23», sagte sie, ohne zu überlegen.

«Wieso 23?»

«Kann ich nicht sagen. Ich habe bei der Buchhaltung festgestellt, dass ich auf Primzahlen stehe, die haben für mich etwas Emotionales. Bei denen bleibe ich immer hängen.»

Er lachte. «Wusste Onkel Hein das?»

«Ich denke, er hat mich für eine spinnerte Künstlerin gehalten, die mit Zahlen nicht klarkommt.»

«Da muss ich widersprechen. Onkel Hein muss von deiner Liebe zu den Primzahlen gewusst haben.»

«Wie kommst du drauf?»

Er lächelte. «Gehen wir zu meinem Auto, dann zeige ich es dir.»

Sie schaute ihn überrascht an.

«Sicher?»

«Absolut sicher.»

«Okay.» Sie hakte sich bei ihm ein, und sie wanderten zum Cabrio, das auf dem Hof von Gabi Christiansens Autowerkstatt stand.

«*Oh, you live in England?*», fragte sie, als sie das Kennzeichen sah.

«Der ist nur geliehen.»

«Ob du's glaubst oder nicht, in Australien hatte ich den Gleichen in Weiß.»

«Da passt er vom Wetter auch besser hin.»

«Wie man's nimmt, bei der Hitze dort konnte ich meistens auch nicht offen fahren.»

«Bitte dreh dich mal für einen Moment weg.»

Was sie auch tat. «Ich komme mir vor wie bei der Bescherung, dabei ist doch noch gar nicht Weihnachten.»

Ben holte die Matheversteckerin aus dem Kofferraum. Leider hatten sich die Fäden vertüdelt, sodass es etwas dauerte. Dann endlich konnte er die Marionette hochhalten.

«Es ist so weit.»

Sie drehte sich um.

«Oh, was für eine schöne Figur! Die ist sehr besonders.»

«Dein Vater hat sie für dich gebaut, er hat sie die Matheversteckerin genannt.»

«Matheversteckerin? Was hat er damit gemeint?»

«Du hattest doch Bedenken, die Pension alleine zu führen, oder?»

«Nicht wegen der Gäste oder des Essens, die Buchführung machte mir Angst.»

«Trotz deines engen Verhältnisses zu Primzahlen?»

«Die habe ich dabei ja erst entdeckt.»

«Aber sie haben für dich was Emotionales, sagst du.»

«Schon.»

«Heimlich hast du es also mit Zahlen! Und zwar mehr, als du denkst. Bestimmt meinte Onkel Hein das, könnte ich mir jedenfalls vorstellen.»

Sie sah ihn fragend an. «Du meinst, mit der Matheversteckerin wollte er mir Mut machen?»

Ben nickte. «Er hat sie für dich gebaut, da bin ich sicher. Du kannst sie irgendwo hinhängen, wo du sie immer siehst. Sie wird dich ermutigen – und dich immer an deinen Vater erinnern.»

«Was für eine schöne Idee.»

Dann gingen sie zurück zum Möwennest. Anneke trug die Marionette neben sich her und schaute sie immer wieder an.

«Ich muss unbedingt bald noch mal in den Spielzeugladen kommen», sagte sie.

«Darüber wollte ich gerade mit dir sprechen. Übermorgen veranstalte ich dort einen Basar, wie ihn dein Vater immer gemacht hat.»

Der Entschluss, den Basar stattfinden zu lassen, war ihm gestern Nacht gekommen. Er spürte deutlich, dass er nicht anders konnte – nach allem, was geschehen war.

Ihre Augen blitzten auf. «Kann ich da auch hinkommen?»

Ben lachte. «Aber sicher, ich wollte dich gerade einladen! Natürlich musst du dabei sein, Cousine, was denn sonst?»

Sie lächelte und nahm ihn in den Arm.

Dann erzählten sie bis in die Nacht hinein alle Geschichten, die sie mit Onkel beziehungsweise Papa Hein verbanden. Ben kannte ihn – von einer Handvoll persönlicher Begegnungen einmal abgesehen – im Wesentlichen nur durch die Erzählungen seines Vaters. Seiner Tochter hatte Hein viel ausführlicher von all den Reisen, die er als Seemann unternommen hatte, berichtet. Anneke erzählte natürlich auch von Australien, wo sie lange mit ihrer Mutter gelebt hatte. Und die Welt erwies sich wieder einmal als klein: Irgendwann stellten sie fest, dass sie vor Jahren zur selben Zeit und im selben Hotel in Jakarta übernachtet hatten!

«Da hätten wir uns am Frühstücksbuffet treffen können und uns nicht erkannt», meinte Anneke. «Wie traurig.»

«Schön, dass uns das jetzt nicht mehr passieren würde.»

«Allerdings.»

Es gab viel nachzuholen.

Wichtig war aber vor allem, dass sie sich gefunden hatten und sich offenbar sehr gut verstanden.

17

Es war schon wieder dunkel, als Ben einen Tag später die Fähre zurück zum Festland nahm. Die Lichter der Insel rückten langsam in die Ferne, während ihm der kalte Seewind auf dem Achterdeck um die Nase wehte. In den letzten beiden Tagen war Unglaubliches passiert, mehr als in seinem ganzen bisherigen Leben, jedenfalls kam es ihm so vor. Dass er jemals wieder in einer Kirche Trompete spielen würde, hätte er nie für möglich gehalten. Ein kleiner Unfall, bei dem er viel Glück gehabt hatte – geschenkt. Das reparierte Cabrio stand auf dem Autodeck derselben Fähre, den Ersatzspiegel hatte Gabi erfolgreich installiert. Und dann war noch wie aus dem Nichts seine Großcousine aufgetaucht, von deren Existenz er bis dahin nichts gewusst hatte. Später war er mit seinen Eltern zum Telefonieren verabredet und würde sie über den unerwarteten Familienzuwachs informieren. Die würden staunen!

Als Ben in Friedrichstadt auf den Marktplatz abbog, war es für ihn wie nach Hause kommen. Lächelnd blickte er auf das schlichte weiße Haus am Fluss, auf dessen Dachfirst der Wetterhahn mit dem roten Kamm und dem bunten Schwanzgefieder thronte. Unter der Straßenlaterne stand der ferrarirote Elektrorollstuhl, in dem Ex-Bürgermeister Thies Martens saß, mit seiner Zigarre Dampfwolken produzierte und auf die nächtliche Treene guckte. Er war überhäuft mit Decken und Schlafsäcken, die ihn vor der Kälte schützten. In seiner Hand quäkte ein kleines Transistorradio.

«Moin, Thies», grüßte Ben.

«Moin, Ben.»

Thies deutet auf sein Radio. «Dein Großonkel Hein und ich waren Hörspielfans», erklärte er mit heiserer Stimme. «Jeden Freitag haben wir uns auf die Bank hier vorm Haus gesetzt, ein Radio ins Fenster gestellt, auf die Treene geguckt und zugehört. Wir haben auf unseren Fluss geschaut und waren gleichzeitig in New York oder im Amazonas, wo immer die jeweilige Story spielte. Onkel Hein nannte es unser Kopfkino.»

Bens Herz hüpfte vor Begeisterung, in Gedanken hakte er das Radio auf der Weihnachtsliste ab.

«Und für euch musste es ein Röhrenradio sein, stimmt's?», vermutete er. «Bloß kein modernes oder gar ein Internetradio.»

Thies nickte. «Aus reiner Sentimentalität.»

«Einen Moment.» Ben ging in den Laden, öffnete das Fenster zur Straße und stellte das schwere Röhrenradio aus dem Alkoven aufs Fensterbrett.

Thies strahlte. «Das ist es!»

«Tja. Onkel Hein hat es dir vererbt.»

«Ernsthaft?»

Thies stellte sein Transistorradio aus, und Ben schaltete das Röhrengerät ein. Es brauchte eine Weile, bevor der Apparat warm gelaufen war, dann kam klassische Musik von Vivaldi aus dem Lautsprecher. Natürlich in Mono, wie es damals Standard war. Das Glasdisplay des Geräts war mit einer ungewöhnlichen Zusammenstellung von Sendeorten beschriftet: Budapest, Valencia, Stuttgart …

«Damals konnte man viele Stationen auf Mittelwelle empfangen», erinnerte sich Thies. «Die Qualität war nicht besonders gut, aber es war spannend, Sendungen auf Tschechisch oder Kroatisch zu hören. Wir haben immer geraten, worum es da wohl ging.»

«Na los, das will ich auch hören», sagte Ben.

Thies winkte ab. «Mittelwelle wurde inzwischen eingestellt.»

«Wie schade.»

Die Musik von Vivaldi war fröhlich und feierlich. Ben musste wieder an Anneke und die Insel Föhr mit der kleinen Kirche denken und blickte mit Thies schweigend auf die zugefrorene Treene. Nach dem Schlussakkord wollte er dem alten Mann das Röhrenradio in den Schoß legen, damit er es mit nach Hause nahm. Aber Thies winkte ab.

«Nee, lass man, das Radio gehört in Heins Laden. Im Sommer würde ich gerne wieder hier meine Hörspiele hören, wie ich es mit Hein getan habe. Egal, was aus dem Laden wird, es ist der beste Platz dafür.»

«Wenn ich wiederkomme, machen wir das», versprach Ben. «Dann setze ich mich zu dir.»

«Abgemacht.»

Ben scheute sich davor, die Wahrheit zu sagen: nämlich dass es ohne Onkel Hein dieses Ritual wahrscheinlich nicht mehr geben würde. Ben würde von Singapur aus höchstens für ein, zwei Wochen zum Urlaub nach Friedrichstadt kommen können. Und selbst dann durfte sich ein möglicher neuer Besitzer nicht an Radiohörern direkt vor seinem Haus stören. Ben überlegte: Das sollte er Beucker zur Bedingung für den Verkauf machen.

Doch erst einmal musste er sich um den Basar kümmern. Er nahm sein Handy.

«Moin, Nintje.»

«Moin, Ben.»

«Danke, dass du mich zu Anneke geschickt hast.»

Das wollte sie so nicht stehen lassen. «Hey, ich habe dir nur eine Pension zum Übernachten empfohlen.»

«Na, so ein Zufall.»

«Ich habe nichts verraten.»

Das hatte sie Onkel Hein versprochen, und es war ihr anscheinend sehr wichtig – was durchaus für sie sprach.

Er lachte. «Nein, das kann ich bezeugen.»

«Happy End, oder?»

«Ja, absolut!»

«Sehr schön.»

«Es gibt da noch etwas, was ich gerne mit der Bürgermeisterin besprechen würde.»

«Oh, so offiziell?»

«Ich würde gerne übermorgen den Basar im Spielzeugladen veranstalten», kündigte er an. «Ich weiß, das ist sehr kurzfristig – meinst du, wir kriegen das hin?»

«Die Leute in Friedrichstadt rechnen fest damit, insofern ...»

Ben holte tief Luft. «Was brauchen wir?»

«Ich denke, wir können für draußen ein paar Pavillons und Sitzbänke gebrauchen, plus Feuerschalen.»

«Organisiere ich.»

«Alles klar, danke. Beim Aufbau helfe ich dir.»

Es brauchte in Friedrichstadt weniger als eine halbe Stunde, bis sich herumgesprochen hatte, dass der traditionelle Basar am vierten Advent in Onkel Heins Spielzeugladen stattfand, wie all die Jahre zuvor. Die Nachricht zauberte den Menschen ein Lächeln ins Gesicht, Ben bekam begeisterte Anrufe, einige kamen persönlich vorbei, um sich zu bedanken.

Am nächsten Morgen stand Ben um fünf Uhr auf und trank den ersten Kaffee des Tages unten im Spielzeugladen. Er bereitete alles für den Basar vor. Die Giraffe musste ein wenig zur Seite geschoben werden, das Karussell ebenfalls, die Auslegerboote blieben an der Decke hängen. Einen Teil des Spielzeugs würde er draußen unter einem großen Pavillon am Treeneufer lagern, um drinnen mehr Platz für die Gäste zu haben. Den Zauberer befestigte er am langen Hals der Giraffe. Darüber heftete er ein Fragezeichen und schrieb ihn auf einem Plakat zur Fahndung aus: «Wer kennt diese Person und kann etwas zu ihrem Aufenthaltsort in Friedrichstadt sagen? Und wer bekommt den Angstlöscher? Bitte melden?» Er stellte den kleinen Feuerwehrwagen daneben.

Unter der Kommode, wo er den Trompetenkoffer versteckt hatte, fand er ein Memoryspiel, das Onkel Hein offenbar selbst angefertigt hatte. Auf dem großen Tisch hinter der Werkstatt räumte er Spielzeug beiseite und breitete die Karten davor aus. Sie zeigten ein Fotomotiv aus Friedrichstadt, jeweils mit seinem Zwilling: ein weiß getünchtes Holländerhaus mit prächtigen Giebeln, die kleine Brücke über den Mittelburggraben, die alte Straßenlaterne vorm Haus, die Sitzbank mit Blick auf die

Treene, eine dunkelblau lackierte Klönschnacktür mit geöffnetem Oberteil, ein Ausflugsboot, und, da muss er lächeln, die Giraffe auf dem Hochrad – alles in doppelter Ausführung. Dazu das Freibad an der Treene im Hochsommer und im Winter, Schlittschuhläufer auf vereisten Kanälen. Auf der Rückseite war jeweils Onkel Heins Hausmarke zu sehen, die beiden Luftballons, die versetzt zum Himmel flogen. Das sollte auf jeden Fall in die Versteigerung kommen!

Vor den Kassentisch stellte Ben sein selbst gebautes Schachspielgebirge mit Onkel Heins handgeschnitzten Figuren. Möglichst jeder, der hier vorbeikäme, sollte ein paar Züge gegen ihn spielen, dann kam der Nächste dran. Für jeden Zug würde er einen Euro spenden. Er war stolz auf sein gebirgiges Spielfeld, es passte zu den schrägen Figuren. Und selbst für Schachexperten würde es eine Herausforderung werden, darauf zu spielen.

Als er fertig war, ging er nach vorne und stellte sich vor die Urne. «Einverstanden, Onkel Hein?» Er erwartete nichts anders als ein Ja. Wichtig war, dass so viel Geld wie möglich für das Waisenhaus zusammenkam. Dafür würde er alles geben.

18

Vor der Tür des Spielzeugladens erklang mittelalterliche Lautenmusik, gespielt von zwei Männern, die neben Lina hinter der Hebammenbrücke wohnten. Sie waren beide wohl um die siebzig und hatten ihre grauen Haare zu Pferdeschwänzen gebunden. Sie waren so in ihre Musik versunken, dass sie von dem ganzen Gewusel anscheinend nichts mitbekamen. Ben erinnerte sich lächelnd, wann er diese Musik das letzte Mal gehört hatte: in alten Märchenfilmen aus seiner Kindheit, wenn der Palast des Königs gezeigt wurde. Angemessen für seinen Spielzeugladen!

Nintje trug ein rotes Wollkleid mit Goldsternen. Sie sah entzückend aus, wie das weibliche Pendant zum Weihnachtsmann. Sie verkaufte Schmalzbrote aus einem geflochtenen Korb, wahlweise mit Schweinegrieben oder vegan. Fiete erwies sich als geduldig, alle Kinder durften ihn streicheln.

Das Schachspiel vor seinem Verkaufstisch eröffnete Nintje sportlich mit einem Bauern, der aus der Tiefe zwei Schritte voraus auf einem Hochplateau landete. Ben sprang mit einem Pferd in ein Tal.

«Und, wie spielt es sich im Gebirge?», fragte er.

«Eine Herausforderung, wenn du mich fragst», antwortete sie lachend. «In den Bergen kann man sich viel schwieriger orientieren. Aber es ist mal was anderes.»

«Sehr gut.»

Er legte für ihre Züge drei Euro in eine Schatzkiste. Dass die Friedrichstädterinnen und Friedrichstädter in großer Zahl kamen, wäre eine Untertreibung gewesen: Sie stürmten in Massen herbei! Ben hob die Stimme und gab den klassischen Marktschreier: «Altes Spielzeug! Unverschämt hohe Preise! Alles für den guten Zweck!»

Nintje hob lachend den Daumen.

In der Küche kochte Ben Tee und Kaffee, wer wollte, bekam einen eisgekühlten Aquavit. Das fröhliche Gemurmel der Besucher wurde mit der Lautenmusik untermalt. Esther und ihre Freundinnen waren da, Lina, Maike Sönnichsen, die Bestatterin, dazu die Bäckerin vom Marktplatz und die Galeristen aus der Prinzenstraße. Sogar «Finanzminister» Stefan Beucker war erschienen, der den Basar natürlich strikt ablehnte.

«Der Erlös gehört der Bank, das ist dir hoffentlich klar», flüsterte er Ben zu. «Was am Ende von der Ware fehlt, musst du zahlen!»

Ben war das egal. Ihm fiel in diesem Moment eine deftige Erwiderung ein, aber er wollte die Stimmung nicht verderben und hielt einfach die Klappe.

Es kamen auch Touristen, die Onkel Hein nicht gekannt hatten. Denen erzählten die Friedrichstädterinnen und Friedrichstädter von ihren Lieblingserinnerungen an ihn, zum Beispiel von der jährlichen Inventur, zu der er sämtliches Spielzeug draußen an die Böschung der Treene geräumt hatte.

So lernten sogar nach seinem Tod noch Menschen Onkel Hein kennen, dachte Ben.

Erwachsene wie Kinder nahmen Spielzeug in die Hand und sahen dabei meist ernst aus, was Ben als natürlich empfand: Es gab beim Spielen keinen Lach- oder Lächelzwang. Das wurde in Werbeclips nur behauptet, weil es die Verkäufe steigerte. Vor allem Kinder tauchten beim Spielen in ihre eigene Welt ab, und die nahmen sie sehr ernst.

Die Leute kauften großzügig ein, die meisten blieben ein oder zwei Stündchen, erzählten begeistert von ihren Erlebnissen mit Onkel Hein und gingen dann glücklich und schwer beladen nach Hause. Einigen, von denen Nintje ihm diskret zuflüsterte, dass sie nicht viel Geld hatten, steckte Ben Spielsachen für ihre Kinder zu und legte dafür das Geld in die Kasse.

Anneke kam wegen der schwierigen Fährverbindungen bei Eisgang im Wattenmeer später. Ben freute sich riesig, sie zu sehen.

«Moin, Cousin», murmelte sie.

«Moin, Cousine.»

Sie umarmten sich herzlich. Dann vertieften sie sich sofort in eine gemeinsame Schachpartie. Sie setzte drei Züge, Ben hielt dagegen. Sie legte einen mitleidigen Gesichtsausdruck auf:

«Schachmatt!»

Ben starrte ungläubig auf das Feld, aber an seiner Niederlage gab es nichts zu deuteln.

«Dafür spende ich glatt zehn Euro», meinte er lächelnd.

Dann machte er Anneke mit Nintje bekannt. Die beiden hatten sich ja schon einmal im Spielzeugladen getroffen, ohne zu wissen, wer sie waren.

«Wie schön, dass wir uns endlich kennenlernen», sagte Nintje. «Onkel Hein hat mir viel von dir erzählt.»

Dann verkaufte Nintje weiter ihre Schmalzbrote. Anneke half Ben wie selbstverständlich beim Kaffee- und Schnapsausschank. Er fragte sich, ob es sich nicht merkwürdig anfühlte für sie, im Laden ihres gerade verstorbenen Vaters. Aber sie wirkte glücklich, jedenfalls lächelte sie viel.

Draußen begann es erneut zu schneien, zum Glück wurden die Sitzbänke an der Treene von den Pavillons geschützt. Bestatterin Maike Sönnichsen las zusammen mit Buchhändler Piet Frerichs im hinteren Raum vor dem Alkoven Janosch vor. Ben fand, dass es keinen schöneren Platz dafür geben konnte. Die Seifenkiste war sehr gefragt und wurde immer wieder ausprobiert. Der Junge, der am zweiten Tag die Bonbons geklaut hatte, war gar nicht davon wegzubekommen. Ben war zufrieden: Als Dekoration hatte Onkel Hein sie nun wirklich nicht gebaut. Sie sollte an jemanden gehen, der damit auch fahren würde.

Ein stattlicher Mann, den Ben schon öfter in Friedrichstadt gesehen hatte, schaukelte nun auf das Schachspiel zu. «Martin van Bommels», stellte er sich vor. «Ich bin Pastor in der Remonstrantenkirche.»

«Schön, dich kennenzulernen», sagte Ben.

«Ich bekomme wohl den Angstlöscher», murmelte er und deutete auf den blechernen Feuerwehrwagen.

«Sicher?», fragte Ben.

«Mein Arzt meint, dass ich eine Herzuntersuchung

brauche, und das macht mir Angst. Die gehen mit einem Schlauch über die Lunge zum Herzen.»

«Während du wach bist?»

«Nein, aber trotzdem. Allein der Gedanke versetzt mich in Panik. Es ist angeblich reine Routine, aber ich habe einen Riesenbammel davor. Onkel Hein meinte immer, ich brauche eine Feuerwehr, die meine Angst löscht, dann wird alles gut gehen.»

«Na, dann gerne», sagte Ben und reichte ihm den kleinen Wagen.

«Morgen geht's ins Krankenhaus», seufzte er.

«Ich wünsche dir alles Gute.»

«Eigentlich sollte ich mehr Gottvertrauen haben. Aber den Feuerwehrwagen werde ich auf jeden Fall mitnehmen und an Onkel Heins Worte denken.»

Es stellte sich heraus, dass er der Vater des Bonbon-Klauers war. Die Seifenkiste sollte das Weihnachtsgeschenk für seinen Jungen werden. Darüber konnten Ben und er natürlich erst verhandeln, als das Kind draußen im Schnee spielte.

«Was stellst du dir vor?», erkundigte sich Ben. «Zweihundert Euro? Oder einigen wir uns auf das Doppelte?»

Der Pastor verzog das Gesicht. «Mit dem Preis kann ich nicht leben.»

«Okay, was schlägst du vor?»

Er zückte ein paar Scheine. «Kommst du mit dem Dreifachen klar?», fragte er.

«Passt!», meinte Ben und grinste. «Ihr werdet sie Heiligabend noch nachts auf dem Deich ausprobieren müssen, da bin ich sicher.»

Sie vereinbarten einen geheimen Abholungstermin,

damit der Junge nichts mitbekam. Pastor Martin zog beglückt von dannen.

Ben erhob erneut die Stimme. «Spielzeug! Unverschämt teuer!»

Optiker Gerold Jansen, den alle in Friedrichstadt «Kalle Auge» nannten, interessierte sich für ein Käfer-Modell aus den Fünfzigern von der Firma Schuco. «Es war mein erstes Auto, und es war schon zwanzig Jahre alt, als ich es kaufte. Ich bin damit zwölf Mal von Friedrichstadt nach Italien gefahren.»

Ben kam mit Kalle Auge ins Gespräch, und es stellte sich heraus, dass er Mineralien und Steine sammelte. Er zückte eine Schatulle und zeigte Ben einen pflaumengroßen, fast transparenten Mondstein aus Sri Lanka. Ein bläulich weißer Schimmer erschien auf seiner Oberfläche, wenn man ihn bewegte. So etwas hatte Ben noch nie gesehen. Er schlug ihm spontan ein Tauschgeschäft vor: Käfer gegen Mondstein, und er würde zusätzlich hundert Euro für das Waisenhaus spenden. Das war ein Deal.

Die Gespräche mit den Kundinnen und Kunden machten Ben einen Riesenspaß. Er konnte nachvollziehen, warum Onkel Hein seinen Laden und Friedrichstadt so geliebt hatte, auch wenn es finanziell bestimmt öfter mal schwierig gewesen war.

Irgendwann hörte er draußen Esthers Stimme über ein Polizeimegafon.

«Wir kommen nun zur Versteigerung», rief sie. «Jeder Cent kommt den Kindern im Waisenhaus direkt zugute.»

Das erste Objekt, das aufgerufen wurde, war Onkel Heins Monopolyspiel mit den Straßen von Friedrichstadt. Er hatte es für die Auktion zur Verfügung gestellt.

Es sollte viel Geld einspielen und möglichst in Friedrichstadt bleiben.

«Das Spiel ist ungefähr doppelt so groß wie das Original und ein echtes Schmuckstück!», erklärte Esther. «Die Häuser hat Onkel Hein nach den realen Vorbildern aus Holz nachgebaut. Zwischen den Straßen gibt es Grachten mit Brücken, und auch die ‹normalen› Häuser sind etwas Besonderes, keines sieht aus wie das andere.»

Im Grunde war das Spiel unbezahlbar.

«Ich starte bei dreihundert Euro», rief jemand.

«Vierhundert.»

«Vierhundertfünfzig.»

Die Gebote gingen in kleinen Schritten höher und blieben bei sechshundert Euro stehen. Was viel zu wenig war, wie Ben fand.

«Bietet niemand mehr?», fragte Esther.

«Tausend Euro!», rief ein Mann im Seidenanzug.

«Wer ist das?», flüsterte Ben Nintje ins Ohr. Dabei kam ihm ihr wunderbarer Jasminduft in die Nase.

Sie zuckte mit den Achseln. «Den kennt hier keiner, der sucht wahrscheinlich ein Schnäppchen zum Weiterverkaufen.»

«Dann würde das Spiel nicht in Friedrichstadt bleiben, oder?»

«Nee.»

«Tausend ist immer noch zu wenig», rief Esther.

«Das Spiel gehört in die Stadt!», rief Nintje. «Ich kaufe es für tausendzweihundert und spende es dem Stadtmuseum.»

Esther ließ den Hammer fallen, ohne auf Gegenangebote zu warten. Nintjes Großzügigkeit gefiel Ben, sie war wirklich Friedrichstadts Bürgermeisterin mit Leib und Seele.

Gegen sechs war Schluss. Im Lauf des Tages hatten Ben und Anneke von den Gästen eine Menge über Onkel Hein erfahren.

«Es war schön, so viel von meinem Vater zu hören», sagte Anneke am Abend.

«Schade, dass er so spät aufgetaucht ist.»

«Ja.»

«Dafür hast du mich jetzt an der Backe.»

«Du mich aber auch.»

Ben lächelte sie an. «Besuchst du mich mal in Singapur?»

«Ja.»

Er wusste, dass sie es ernst meinte.

«Darauf freue ich mich jetzt schon.»

Es waren noch an die zehn Pakete übrig, alle adressiert in Friedrichstadt. Spontan taten sich Nintje und Anneke zusammen und lieferten die Geschenke mit Onkel Heins altem Lastenfahrrad aus. Anneke saß in der Ladebox, während Nintje strampelte. Dabei sangen sie Weihnachtslieder. Zu seiner Verwunderung störte es Ben nicht mehr im Geringsten.

19

Zu seinem letzten Abend in Friedrichstadt hatte Ben Esther, Lina, Kalle Auge, Buchhändler Frerichs, Thies Martens und Anneke eingeladen. Pastor Martin van Bommels wollte später nachkommen, er musste sich noch von der Untersuchung ausruhen, die ansonsten bestens verlaufen war. Sein Herz war vollkommen in Ordnung. Den blechernen Angstlöscher hatte er in den Untersuchungsraum mitgenommen – die Ärzte hatten es ausnahmsweise erlaubt und die Feuerwehr sogar extra sterilisiert!

Ben räumte den Paravent im vorderen Raum beiseite, damit die Giraffe auf dem Hochrad besser zur Geltung kam. Dann beleuchtete er von hinten einen Scherenschnitt der Häuser am Markt. Er überlegte, ob er die große Modelleisenbahn auf dem Esstisch aufbauen sollte, um damit Gläser und Teller zu transportieren, aber war das vielleicht zu aufwendig? Kurz bevor die Gäste eintrafen, entschied er sich dafür.

Er stellte zwei Tische hintereinander auf und deckte sie mit Leinendecken ein, darauf platzierte er Kerzenleuchter. Das Licht flackerte und warf bizarre Schatten an die Wände, wodurch die Spielzeuge im Raum zum Leben erweckt wurden.

Er lächelte hoch zum Regal. «In Ordnung für dich, Onkel Hein?»

Sein «Ja» meinte er deutlich zu hören.

Aber so schön alles aussah, blieb es ein schmerzlicher Abschied.

Es begann mit Nintje. Leider konnte sie nicht dabei sein, weil sie zu einem Bürgermeisterinnentreffen nach Köln musste, das am nächsten Tag um zehn begann. Zwei Stunden bevor die Gäste kamen, schaute er noch bei ihr vorbei.

Sie gingen nach draußen und stellten sich an die zugefrorene Treene.

«Danke für alles», sagte er. «Du hast es mir nicht immer leicht gemacht. Aber ich schätze es, wie loyal du Onkel Hein gegenüber warst.»

«Danke.»

«Sehen wir uns wieder?»

«Irgendwann bestimmt.»

Sie schwiegen einen Moment.

«Ich habe noch eine Kleinigkeit für dich», meinte er.

Ben überreichte ihr sein Geschenk in einem Samtbeutel, nicht größer als eine Taschenuhr. Sie packte es vorsichtig aus. Es war der glatte Mondstein von Kalle Auge. Er schimmerte im Licht der Straßenlampe.

«Vielen Dank», flüsterte sie, «er ist wunderschön.»

Dann umarmte sie ihn.

«Ich habe auch etwas für dich.»

Sie reichte ihm einen Umschlag. Es war ein Gutschein für zwölf Massagestunden bei einem Yogameister in der Nähe seines Hotels in Singapur.

«Wie aufmerksam von dir», staunte er. «Vielen Dank.»

Sie umarmten sich erneut.

«Und jetzt?», fragte er.

«Tanzen?»

«Wo?»

«Auf dem Eis?»

«Gute Idee.»

«Hast du dafür noch Zeit?»

«Immer.»

Sie gingen rein, setzten sich in die Sessel vor der Rezeption und zogen ihre Schlittschuhe an. Fiete ließen sie drinnen, was der mit tieftraurigem Blick quittierte. Auf den Schlittschuhen staksten sie über die Straße zum nahe gelegenen Ostersielzug. Das Mondlicht schien auf die Hausdächer hinter den Giebeln.

Und dann wagten sie sich aufs Eis. Es knirschte unter ihren Kufen. Anfangs liefen sie nebeneinanderher. Dann drehte Nintje plötzlich auf und legte ein ziemliches Tempo vor, er kam kaum hinterher. Die Giebelhäuser zogen schnell an ihnen vorbei, wie im Traum. Sie war eine fantastische Läuferin. Gemeinsam tauchten sie ab in tiefdunkle Abschnitte, sogar das Eis war hier pechschwarz.

Irgendwann wurden sie langsamer, um wieder zu Atem zu kommen. Sein Gesicht war schweißüberströmt, ihres auch. Wenn sie jetzt stehen blieben, würde ihr Schweiß anfrieren, fürchtete er.

Am Marktplatz waren die Scheinwerfer, die die Giebelhäuser anstrahlten, inzwischen ausgestellt. Davor beleuchteten nur noch einige Straßenlampen das grobe Kopfsteinpflaster, das mit einer hauchdünnen Schicht Pulverschnee bedeckt war. In den Straßen und auf dem

Eis war niemand außer ihnen zu sehen. Ganz Friedrichstadt gehörte in diesem Moment ihnen.

Nintje zeigte vor ihm atemberaubende Pirouetten, drehte sich und fuhr ein paar Meter rückwärts weiter.

«Onkel Hein hatte recht, du bist wirklich eine Tänzerin», meinte er bewundernd.

Ihr war das Kompliment anscheinend etwas unangenehm, sie überging es lieber. «Wollen wir noch ein Stück die Treene herunterlaufen?», schlug sie vor.

«Da sehen wir doch gar nichts.»

«Keine Angst, ich kenne mich aus.»

«Okay.»

Er wollte ihr glauben, war aber nicht überzeugt. Sie begaben sich auf den schwarzen Fluss, ein schneidend kalter Wind wehte ihnen entgegen. In der Dunkelheit fuhren sie in Richtung des nächsten Ortes, Schwabstedt, der einige Kilometer entfernt lag. Offiziell waren die Fließgewässer nicht zum Betreten freigegeben, woher war sich Nintje also sicher, dass die Eisdecke hielt?

Ben wischte die Zweifel einfach beiseite und beschloss, ihr zu vertrauen. Nach den schmalen Kanälen in Friedrichstadt kam ihm der Fluss riesig vor. In der Finsternis war das ein bisschen unheimlich, auch wenn der halbe Mond etwas Licht spendete. Er hielt sich an Nintje, die ohne jedes Zögern voranstrebte. Wie gerne wäre er Hand in Hand mit ihr gelaufen – einfach, weil es in diesem Moment schön gewesen wäre. Aber das hätte er sich niemals getraut.

Du gehst in wenigen Tagen nach Singapur, ermahnte er sich, wohin sollte das führen?

Bald würde er sein Amsterdamer Hotelzimmer mit

einem anderen am Ende der Welt tauschen, dann lagen Tausende Kilometer zwischen ihnen. In diesem Moment kam es ihm plötzlich so vor, als führte sein Umzug in ein Nichts, das er dann mit beliebigen Aktivitäten füllen würde. Es erschien ihm komplett austauschbar, Jakarta, Singapur, alles das Gleiche.

Wo würde man die Urne mit *seiner* Asche wohl hinstellen, wenn er mal nicht mehr war? Hinter die Rezeption eines gesichtslosen Businesshotels? Er holte tief Luft.

So schlimm war es auch wieder nicht, er sollte sich nicht verrückt machen. Das Gefühl der Sinnlosigkeit würde an seinem neuen Wohnort nur anfangs auftauchen und nach kurzer Zeit verschwinden, das war bisher immer so gewesen. Wieso sollte es dieses Mal anders sein?

Als sie irgendwann vor dem Spielzeugladen ankamen, fuhr er einmal um Nintje herum und blieb direkt vor ihr stehen.

«Ginge es vielleicht, dass wir uns ein einziges Mal küssen?», fragte er.

Sie schaute ihn ernst an. Dann näherten sich ihre Köpfe. Nintjes Lippen fühlten sich an wie Frühling, Sommer und Herbst, und das mitten im Winter. Sie mochten sich nicht voneinander lösen.

«Geh jetzt», flüsterte sie plötzlich. «Bitte! Alles andere macht große Probleme.»

Sie hatte recht.

«Ich werde an dich denken, Ben.»

«Ich auch an dich, Nintje.»

Dann entfernte sie sich, ohne sich noch einmal umzudrehen. Was konsequent war und wohl besser für sie beide.

Er schaute ihr nach, bis sie hinter dem alten Haus mit der schrägen Wand verschwunden war. Er war sich sicher, richtig gehandelt zu haben. Aber wieso fühlte er sich dann so elend?

Das anschließende Essen im Spielzeugladen lenkte ihn etwas ab. Ohne dass sie sich abgesprochen hatten, erschienen alle in festlicher Kleidung. Esther trug ein Cocktailkleid, Lina einen langen knallroten Rock, Kalle Auge und Piet Frerichs einen Smoking und Thies Martens einen Seidenanzug, dazu hatte er sich einen Micky-Maus-Schlips umgebunden. Anneke erschien in einem eleganten anthrazitfarbenen Hosenanzug.

Ben hatte Tapas zubereitet, israelisch, arabisch, deutsch, von allem etwas. Darunter seine Lieblingsvorspeise Baba-Ghanoush-Püree aus gegrillten Auberginen, Tahini, Zitronensaft, Knoblauch und exotischen Gewürzen, dazu Shawarma und Falafeln. Die Zubereitung war eine logistische Herausforderung, weil sich die kleine Küche oben in Onkel Heins Wohnung befand und er alles über die schmale Holzstiege nach unten tragen musste. Zum Glück half ihm Anneke.

Über der Tafel im Spielzeugladen schaukelten die philippinischen Auslegerboot, auf den Tisch hatte Ben Spielzeuge gestellt, die aus Coladosen gebastelt worden waren. Die Eisenbahn fuhr im Kreis und transportierte Teller und Schüsselchen. Dazu hatte Ben frische Blumen besorgt, die seine Gäste mit nach Hause nehmen sollten, weil er am nächsten Morgen abreisen würde. Sie standen in kleinen bunten Vasen aus Onkel Heins Schränken.

Alle redeten noch über den sensationellen Basar, über das bevorstehende Weihnachtsfest und über Friedrichstadt. Thies erzählte, dass er vor Jahren bei einem Geografiequiz im Fernsehen eine Reise nach Tunesien gewonnen hatte. Er hatte sie nie angetreten, da hätte er ja woanders übernachten müssen. Unvorstellbar: Er hatte Friedrichstadt in seinem ganzen Leben nur wenige Tage verlassen!

Beim Abschied fielen sich alle in die Arme, Ben half Thies in seinen Ferrari-Rollstuhl. Anschließend verabschiedete er sich von seiner Cousine (das «Groß-» ließen sie weg, es hörte sich weiter weg an, als es war). Anneke würde in seinem ehemaligen Lavendelzimmer in Nintjes Pension übernachten.

«Wir sehen uns!», sagte er.

«Spätestens, wenn wir Onkel Heins Urne dem Wasser übergeben», sagte sie.

«Im Frühling komme ich auf jeden Fall wieder nach Friedrichstadt», versprach er.

Er hatte es immer für einen Spruch gehalten, wenn man sagte, einem werde beim Abschied ganz schwer ums Herz. Aber an diesem Abend fühlte es sich für ihn genauso an.

In seiner letzten Nacht in Friedrichstadt schlief er im Alkoven. Zugegeben, es war dort eng, er konnte die Beine nicht ganz ausstrecken – aber wer schlief schon mit durchgedrückten Knien? Er überlegte immer noch, wie er Onkel Heins Universum für die Nachwelt erhalten konnte. Am liebsten würde er den Laden an die Friedrichstädter verschenken, als Museum oder als Ort zum

Spielen, für Kinder und Erwachsene. Aber wovon sollte er das als normaler Angestellter bezahlen?

Vor allem musste er an Nintje denken, die seit Stunden im Zug saß und sich in diesem Moment jede Minute weiter von ihm entfernte. Er mochte sich nicht vorstellen, dass sie bald aus seinem Leben verschwunden wäre. Bestimmt würden sie sich E-Mails schreiben oder skypen. Aber vielleicht wären sie sich auch fremd, wenn sie sich das nächste Mal sahen.

Schon um sich selbst zu schützen und weil es aussichtslos war: Friedrichstadt und Singapur lagen genau 10 185 Kilometer auseinander, er hatte im Internet nachgesehen.

Vor dem Einschlafen leuchtete er noch mal mit seiner Taschenlampe auf das Spielzeug, das im Raum verteilt stand. Dabei entdeckte er ein grau lackiertes Flugzeug aus Balsaholz, das seiner Aufmerksamkeit bisher entgangen war. Es trug die Aufschrift «Pan American». Diese Fluglinie gab es schon lange nicht mehr.

Er stand auf und holte es zu sich. Sofort tauchten in seiner Fantasie zahlreiche Reisen in die ganze Welt auf. Mit dem Flugzeug auf dem Kopfkissen fiel er irgendwann in einen tiefen Schlaf.

20

Den Zauberer brachte Ben über dem Tisch in seinem Hotelzimmer an. Wen er darstellen sollte, hatte er nicht herausbekommen, aber er sollte auf jeden Fall mit nach Singapur kommen.

Ben schnappte sich seine Trompete, ging zum Kleiderschrank und öffnete die Türen. Dieses Phänomen kannten fast alle Trompetenspieler der Welt: Wenn man dort hineinblies, war der Ton nicht ganz so durchdringend. Und er wollte ja die anderen Hotelgäste nicht stören. So breitete sich das «Gloria» zwischen Jacketts und Hemden gedämpft aus.

Vom fünfzehnten Stock in Amsterdam ging es für ihn bald nach Singapur in den dreiundzwanzigsten. Ben fand nur wenige Hochhäuser von außen schön, aber er liebte es, aus ihnen heraus in die weite Welt zu blicken. Hier oben entspannte er vollkommen: Alles, was unten nervte, war weit weg.

Was Friedrichstadt anbelangte, hatte die Vernunft gesiegt. Waren auf Schiffen in die ganze Welt zu verschicken, war das, was er am besten konnte. Warum sollte er das aufgeben? Die vierzig Bagger waren unversehrt von Shanghai am Zielort in Indonesien gekommen, war das nichts? Noch mehr freute ihn, dass er die Weihnachtsliste von Onkel Hein fast vollständig abarbeiten konnte. Das war er ihm auch schuldig gewesen.

Es klingelte an der Zimmertür. Der erste Gast war John Cussick. Auf seinem Haar glitzerten Schneeflocken. Ein Abschiedsumtrunk für sein sympathisches Team musste nach zwei Monaten in Amsterdam drin sein, fand er.

«*Hi Ben, how are you?*», grüßte er lächelnd.

«*Hi John, I'm fine and you?*»

«*Fine, too.*»

John hatte ihm nicht nur sein Cabrio für die Fahrt nach Friedrichstadt geliehen, während seiner Abwesenheit hatte er auch Teile von Bens Job übernommen. Dafür war Ben ihm dankbar. Auch John hatte davon profitiert, der oberste Chef hatte sich so von seinen herausragenden organisatorischen Fähigkeiten überzeugen können. John machte kein Aufhebens um sich, deswegen war das vorher viel zu wenig aufgefallen.

Ben drückte ihm ein Glas Sekt in die Hand, er setzte sich an den großen Tisch. Dann kam Mona, die Königin der Buchhaltung, die gerne und viel flirtete, aber seit Jahren fest liiert war. Und Sabrina, die junge Schiffsingenieurin, die sämtliche technischen Abläufe der Reederei im Blick hatte, gefolgt von Rezeptionist Bert mit seinen hoch aufgetürmten Dreadlocks, und als Letzte Griet, das IT-Genie. Irgendwann rückten sie im Hotelzimmer den Tisch zur Seite und drehten die Musik auf. Er tanzte mit Mona Discofox.

«Und, wie fühlt es sich an, nach Singapur zu gehen?», fragte sie.

«Ich denke nicht viel darüber nach», sagte er. «Es wird

nicht meine letzte Station sein. Irgendwann werde ich mich vielleicht in New York zur Ruhe setzen.»

Sie lachte. «New York und Ruhe?»

«Oder doch Vancouver oder Auckland?», scherzte er.

Onkel Hein hatte nach seinen Törns in alle Welt Friedrichstadt gewählt und war dort glücklich geworden. Konnte er sich das auch für sich vorstellen? Nun, im Augenblick stand das nicht an, also musste er sich damit nicht beschäftigen.

Er tauschte mit den anderen den neuesten Tratsch und Klatsch der Firma aus und sprach über all die Jobs, die sie im Team erledigt hatten. Ob Standardcontainer oder Spezialtransporte, alles hatten sie an seinen Bestimmungsort bekommen. Ben hatte Glück mit seinen Kolleginnen und Kollegen in Amsterdam gehabt, sie waren hervorragend miteinander klargekommen. Aber er wusste aus jahrelanger Umzieherei, wie schnell man sich aus den Augen verlor. Daran änderte auch das Internet nichts.

Zum Abschied sagte er das, was er schon oft gesagt hatte: «Amsterdam wird mir fehlen, ihr werdet mir fehlen. Lasst uns in Kontakt bleiben.»

Es war auch der ehrliche Impuls in diesem Moment. Gleichzeitig wussten alle, dass es wahrscheinlich nie zu einem Wiedersehen kommen würde.

Die Letzten gingen gegen ein Uhr nachts. Ben stellte noch ein paar Gläser zur Seite und war schon drauf und dran, ins Bett zu gehen. Plötzlich hatte er das Gefühl, der Zauberer über dem Tisch hätte sich von alleine bewegt, ganz leicht. Einfach so, ohne Luftzug und ohne dass ihn jemand angestoßen hatte. Fing er jetzt an zu spinnen?

Ben warf einen Blick aus dem Fenster, Schneegriesel fiel auf die Straßen. Amsterdam war schön von hier oben, aber es lag innerlich bereits hinter ihm. Er warf einen Blick auf Onkel Heins Schlittschuhe, die er aus Friedrichstadt mitgenommen hatte. Auch sie sollten mit nach Singapur kommen, in der *Kallang Ice World* konnte man Schlittschuh laufen, er hatte sich schon Eintrittskarten für den Neujahrstag besorgt. Auch Onkel Heins Lederjacke hatte er zu seiner gemacht, obwohl sie in der tropischen Hitze nicht zum Einsatz kommen würde. Er behielt sie für Heimflüge ins winterliche Europa.

Er beschloss, ein letztes Mal nachts alleine auf Onkel Heins Schlittschuhen über die Grachten zu laufen, diesmal die von Amsterdam. An Schlafen war ohnehin nicht zu denken, er war viel zu aufgekratzt.

Außer ihm war niemand unterwegs. Links und rechts von ihm lagen Hausboote, die im Eis eingefroren waren. Dahinter standen Giebelhäuser, die viel größer als jene in Friedrichstadt waren, aber genauso schief und krumm. Auf den Brücken waren Fahrräder angekettet, die mit einer dünnen Schneeschicht bedeckt waren. Am liebsten hätte er sich irgendwo hingesetzt und in die verschneite Winterwelt geguckt, aber dafür war es zu kalt.

Es fing erneut an zu schneien, was wunderschön aussah, aber das Schlittschuhlaufen bald unmöglich machte. Also kehrte er um und setzte sich, in seinem Hotelzimmer angekommen, an den Tisch, um Weihnachtskarten zu schreiben. Sosehr er das Internet schätzte, da war er altmodisch.

Zu den Adressaten, die er jedes Jahr bedachte, waren in der letzten Woche einige dazugekommen: Anneke,

Lina, Kalle Auge, Esther, Martin van Bommels, Thies und viele mehr. Und Nintje.

Er musste an seine Abfahrt aus Friedrichstadt denken. In Johns kleinem Cabrio hatte er nur wenig Spielzeug mitnehmen können. Was er darüber hinaus behalten wollte, hatte er in den Alkoven gelegt. Nintje hatte ihm angeboten, es später nach Singapur zu schicken. Er wusste immer noch nicht, was er mit dem Spielzeugladen machen sollte. Erst einmal stotterte er den Hauskredit weiter ab, was aber auf Dauer zu teuer wurde. Früher oder später würde er mit Beucker von der Nordbank reden müssen, auch wenn er ihn erst mal vertröstet hatte.

Heiligabend war sein letzter Tag in Europa, da wollte er es sich noch einmal schön machen, ein Spaziergang an den Grachten und später eine der schönsten Amsterdamer Kirchen aufsuchen, die Oude Kerk. In der Glockenstube hingen vier Glocken, die die Namen *Glaube*, *Hoffnung*, *Liebe* und *Freiheit* trugen. Sie wurden heute noch von Hand geläutet. Am ersten Weihnachtstag ging es dann direkt nach Singapur.

Wieder musste er an Nintje denken.

Bei ihrem Kuss hatte er das Gefühl, dass die Schwerkraft für ein paar Sekunden aufgehoben war. Sie war nicht von dieser Welt. Und er auch nicht.

Er musste jedoch realistisch bleiben, auch wenn es ihm schwerfiel. Vom Global Player auf Dorfladen umzuschalten, würde sich vielleicht ein paar Wochen aufregend anfühlen. Abgesehen von dem wenigen Geld, das er dort verdiente, würde er in Friedrichstadt auf Dauer unglücklich werden. Nintje wäre dann die Leidtragende, das konnte nicht gut sein.

Es hatte eben auch sein Gutes, wenn man nicht mehr ganz jung war: Man konnte Kollisionen mit großen Eisbergen schon von Weitem erkennen und geschickt umfahren.

21

Wie wohl jedes Jahr an Heiligabend war die Kirche proppenvoll. Vor dem Altar stand ein prächtig geschmückter Weihnachtsbaum. Als die Orgel anfing zu spielen, lief Ben ein Schauer über den Rücken. Der Organist war virtuos und tobte sich förmlich an seinem Instrument aus. Wie damals hielt Ben auch heute seine Trompete in der Hand. Auch wenn er nicht vorm Altar stand, sondern auf einer Kirchenbank saß.

Nach dem Orgelpräludium trat der Pfarrer vor die Gemeinde. Alle erhoben sich. Er betete das Vaterunser, Ben mochte es auf Niederländisch besonders gerne.

Onze Vader,
die in de hemel zijt;
uw naam worde geheiligd;
uw rijk kome; uw wil geschiede
op aarde zoals in de hemel.

Dann las ein Mädchen in weißem Engelskleid die *kerstgeschiedenis* vor, die Weihnachtsgeschichte, die Ben auswendig konnte. Sein Niederländisch war in Jakarta und Amsterdam ganz ordentlich geworden.

Drei Bänke vor ihm saß die Frau, von der er seinen Blick nicht lassen konnte. Sie trug eine orangefarbene Winterjacke und einen dunkelblauen Schal. Sie hatte ihre rötlich blonden Haare hochgesteckt und mit Klammern befestigt. Er wusste, dass sie perfekt Niederländisch sprach, aber gebürtige Nordfriesin war. Ob sie spürte, dass er sie ansah?

War Flirten in der Kirche überhaupt erlaubt? Das war keine theologische Frage. Seit es Kirchen gab, waren Gottesdienste immer auch ein Heiratsmarkt gewesen, oder etwa nicht? Nach dem Gottesdienst würden sie sich im Mittelgang begegnen, das war jedenfalls sein Kalkül. Allerdings war er nicht sicher, wie sie auf ihn reagieren würde. Es war durchaus möglich, dass sie ihm distanziert entgegentrat und nichts mit ihm zu tun haben wollte. Allein der Gedanke machte ihn halb wahnsinnig.

Es war ihm unmöglich gewesen, nicht in die Remonstrantenkirche zu kommen. Ben war froh, dass er Heiligabend nicht in Amsterdam geblieben war. Sonst hätte er Nintje erst Monate später wiedergesehen. All seine Vernunft, dass er nach Asien zog und dass es mit ihr deswegen sinnlos sei – hatte sich nicht gegen sein Gefühl durchsetzen können. Im Kopf hatte er ihren Schlittschuhlauf auf den Friedrichstädter Grachten Tausende Male wiederholt. Immer wieder erinnerte er sich an ihr erstes Zusammentreffen in der Pension, als sie ihn für einen Spanner hielt, der heimlich durchs Fenster in ihre Räume schaute.

Im schlimmsten Fall hatte sie ihn schon abgeschrieben, von ihr war nach seinem Weggang keine Whatsapp oder Ähnliches gekommen. Ein Mann, der im Begriff war, für

Jahre auf einen fernen Kontinent zu ziehen, war nicht gerade ein Hauptgewinn, das verstand er. Oder, wie es Mona in Amsterdam ausgedrückt hatte: «Typen wie du sind vertane Zeit, Ben. Oder würdest *du* alle zwei Jahre dein Leben aufgeben, um mit jemandem umzuziehen?»

Neben ihm saß Lina, deren Augen wie bei einem Kind strahlten, sodass sich sogar die Kerzen des Weihnachtsbaums darin spiegelten. Ben hatte sie von zu Hause abgeholt und hierherbegleitet. Nachher würden sie bei ihr essen. Er war alleine, sie auch, da hatte er vorgeschlagen, dass sie sich zusammentun sollten.

Dass Pastor Martin van Bommels gesund und munter auf der Kanzel stand, freute ihn. Er hielt während der Predigt den Blechfeuerwehrwagen hoch, den er als eine Metapher für den Glauben bezeichnete. «Damit kann man Angst löschen», sagte er. «Das geht nicht auf einen Schlag, manchmal dauern die Löscharbeiten ein bisschen länger, als wir es uns erhoffen. Aber gut, dass Gott eine Angst-Feuerwehr hat, jedenfalls glaube ich das.»

Zum Abschluss der Weihnachtsmette stimmte die Orgel «Gloria in excelsis Deo» an, die gesamte Gemeinde schmetterte ihre Weihnachtsfreude hinaus. Ben stand auf und setzte die Trompete an den Mund. Niemand hier ahnte, dass dies einer der größten Momente seines Lebens war, nach fast zwanzig Jahren!

Er vollbrachte das schönste «Gloria», das er je gespielt hatte. Einige Leute drehten sich überrascht zu ihm um und lächelten.

Ben stellte sich nun in den Mittelgang, die Trompete spielte sich wie von selbst. Die Gemeinde sang inbrünstig mit – das war Weihnachten pur, endlich auch für ihn.

Schließlich sprach Martin den Segen aus, und der Gottesdienst war zu Ende. Zu Bens großem Entsetzen wurde Nintje von einem Typen in der Reihe vor ihr herzlich und lange umarmt. Der Mann sah ziemlich gut aus und brachte Ben brutal aus seiner Weihnachtsseligkeit heraus: Wollte der was von ihr?

Vorsicht, Ben, dachte er sofort, bleib besser in Deckung!

Neben ihm wollte Lina hinaus, sie war im Gewühl auf seine Hilfe angewiesen.

«Gehen wir?», fragte sie.

«Lass erst einmal die Massen vorbeiziehen.»

«Ja, ist wohl besser.»

Sie warteten ab. Ben hatte Nintje bald aus den Augen verloren, wo war sie geblieben? Irgendwann schlichen Lina und er über den Mittelgang hinaus. Von allen Seiten wurde ihnen ein frohes Fest gewünscht.

Er hörte es so gerne: «Frohes Fest, Ben!» Spätestens seit dem Basar war er einer von ihnen. Ansonsten war Ben kurz davor zu platzen. Nintje war im schlimmsten Fall schon nach Hause gegangen. Er war vollkommen umsonst gekommen. Und das nur ihretwegen!

Als Lina und er am Ausgang angelangt waren, berührte ihn von hinten eine Hand an der Schulter, und eine Frauenstimme flüsterte: «Ben?»

Er drehte sich um.

Nintje stand vor ihm. Sie strahlte ihn an. «Was machst du denn hier?»

Sie umarmten sich.

«Vrolijk kerstfeest, Nintje!», sagte er ihr leise in ihr Ohr.

«Dir auch, Ben.»

Dann wurden sie beide verlegen und wussten nicht recht, was sie sagen sollen. Zumal die Massen sie sanft auseinanderschoben und Ben ja auf Lina aufpassen musste.

Nach dieser Begegnung glühte er. Lina und er schlenderten mit den anderen Friedrichstädtern über die Prinzenstraße an den Galerien vorbei zum Marktplatz. Mit dem großen Weihnachtsbaum in der Mitte sah er traumhaft aus. Die hell angestrahlten Giebelhäuser wirkten wie ein Scherenschnitt aus einem Märchenbuch, der funkelnde Sternenhimmel kam Ben vor wie für Heiligabend herausgeputzt. Es gab in Friedrichstadt eine schöne alte Tradition: Nach den Weihnachtsgottesdiensten trafen sich hier alle Konfessionen und wünschten sich gegenseitig ein schönes Fest, auch Muslime und Juden kamen.

Es war bereits ziemlich voll. Als er all die lächelnden, händeschüttelnden Menschen im Glanz des riesigen Weihnachtsbaums sah, wurde ihm ganz warm. Immer von Neuem war er beglückt, wenn jemand zu guten Weihnachtswünschen seinen Namen hinzufügte: «Frohes Fest, Ben.»

Dann entdeckte er etwas weiter entfernt erneut Nintje – endlich! Mit Lina an seiner Seite konnte er nicht zu ihr sprinten, was er am liebsten getan hätte. Den gut aussehenden Kerl aus der Kirche hatte er ebenfalls im Blick, er kreiste bedrohlich nahe um sie herum.

Sehen wir uns später noch?, hätte er Nintje am liebsten gefragt, aber das würde er sich nicht trauen. Langsam steuerte er mit Lina auf sie zu.

«Geht es gerade Richtung Nintje?», erkundigte sich Lina. Sie zwinkerte ihm zu.

Ihm war gar nicht bewusst, dass das so offensichtlich war.

«Wie kommst du darauf?»

«Mein lieber Ben», schimpfte sie, «ich bin alt, aber nicht blöd!»

«Weiß ich doch.»

«Das will ich dir auch geraten haben.»

Dann standen sie vor Nintje, die jetzt noch wunderbarer aussah als jemals zuvor. Ihr Gesicht leuchtete. Wieso hatte er ihr nicht schon längst gesagt, was er für sie empfand? Die Wahrheit war leider: weil er zwar mit Leichtigkeit zig Bagger nach Indonesien bekam, aber keinen einfachen Satz über die Lippen brachte, wenn es um seine Gefühle ging.

Sie stellte ihm den Typen neben sich vor. Er hoffte, es wäre ihr Cousin oder ein noch näherer Verwandter.

War er aber nicht.

«Das ist mein Tom», sagte sie. Und weil Ben offenbar fragend guckte, fügte sie hinzu: «Wir waren mal ein Paar.»

Halb gut, fand er und versuchte, die Lage zu sondieren: Ging zwischen den beiden vielleicht wieder etwas?

Sie deutete auf Ben. «Und das ist Ben Stein, der Großneffe von Onkel Hein.»

«Moin», sagte der Typ.

«Wo feierst du?», fragte Ben Nintje.

«Meine Eltern kochen in der Pension. Und du?»

«Lina und ich machen uns einen schönen Abend.»

«Sehr gut. – Ich muss dann …»

«Wir auch.»

Ben ging mit Lina zu ihr nach Hause. Ihre wilde Einrichtungsmischung aus Standuhr, altem Schreibsekretär und Ikea gefiel ihm immer noch. Außerdem rechnete er ihr hoch an, dass sie wegen Heiligabend nicht extra aufgeräumt hatte. Er setzte sich auf ihr altes dunkelgrünes Sofa.

«Wie fandest du die Predigt?», fragte sie.

Im Kopf war er während der Ansprache von Martin seine sämtlichen Erinnerungen an Nintje durchgegangen. «Die habe ich kaum mitbekommen», antwortete er wahrheitsgemäß, «bis auf die Sache mit dem Feuerwehrauto.»

«Ich auch nicht», gab Lina zu. «Ich war viel zu müde.»

Nach ihrem gegenseitigen Geständnis kicherten sie beide. Es gab Kartoffelsalat und Würstchen – wie in vielen norddeutschen Haushalten. Lina hatte die Kartoffeln namens «Linda» schon am Vorabend gekocht, geschnippelt und in den Kühlschrank gestellt. Was nach ihrer Auffassung das entscheidende Geschmacksgeheimnis ausmachte.

Sie entzündete ein paar große und kleine Kerzen auf dem Esstisch, allein dieser Anblick war schon ein Fest. Dazu kamen der Salat in der Schüssel mit dem traditionellen blau-weißen Zwiebelmuster und der große Teller mit den Würstchen, die sie von einem Bauern auf dem Markt gekauft hatte, sowie norddeutsches Bier.

«Wusstest du eigentlich von Heins Tochter?», fragte Ben.

«Nein, niemals. Er hat nur vage angedeutet, dass er bald umziehen würde. Was dahintersteckte, habe ich nicht geahnt.»

«Ich auch nicht.»

«Nach seinem langen Leben in Friedrichstadt konnte sich keiner vorstellen, dass er woanders hingeht.» Sie sah betrübt aus. «Die Stadt braucht ihn, er fehlt.»

«Zum Schluss wollte er nur noch für seine Tochter da sein.»

«Wie schön, dass sie sich noch kennengelernt haben.»

Ben sah Anneke vor sich, mit der Austernfischer-Brosche. Die Matheversteckerin, die viel besser mit Zahlen umgehen konnte, als sie gedacht hatte.

Gegen zehn wurde Lina müde, und er verabschiedete sich.

«Danke, Ben, dass du da warst!», sagte sie und umarmte ihn. «Das war für mich der schönste Heiligabend seit langer Zeit.»

«Und ich bin froh, dass ich bei dir sein durfte», antwortete er. «Danke für den wunderbaren Kartoffelsalat und alles andere.»

Er zog die Motorradjacke von Onkel Hein an, und sie umarmten sich noch einmal. «Schlaf gut.»

«Du auch.»

Ein starker Ostwind fegte den pulverigen Schnee von den Grachten. Ben umrundete zu Fuß auf dem Eis einmal die gesamte Stadt. Die Häuser waren festlich beleuchtet, drinnen sah es überall gut gewärmt aus. Einen schöneren Ort für Heiligabend als Friedrichstadt gab es nicht.

Schade, dass er Nintje nur so kurz gesehen hatte. Schade? Es war furchtbar gewesen!

Er hatte Angst vor seinen Gefühlen, dementsprechend diffus hatte er sich ihr gegenüber verhalten. Das war ein unverzeihlicher Fehler. Nintje ahnte mit Sicherheit nicht mal, dass er nur ihretwegen gekommen war.

Seinen Flug nach Singapur hatte er auf unbestimmte Zeit verschoben. Schön blöd. Es war schiefgegangen.

Stattdessen war er in Friedrichstadt nun in ein riesengroßes Nichts gestolpert. «Du bist hier zur falschen Zeit am richtigen Ort, Ben!» Den verschobenen Flug sollte er besser so schnell wie möglich antreten.

Traurig schloss er die Tür zum Spielzeugladen auf. Die Dachwohnung von Onkel Hein hatte er vorgeheizt. Heute schlief er nicht im Alkoven, sondern im normalen Bett, das er neu bezogen hatte. Ein bisschen sehnte er sich nach dem Airport-Hotel am Amsterdamer Flughafen. Das war neutral, da war er sicher vor Enttäuschungen.

Von seinem Bett aus konnte er durch das Dachfenster in den Sternenhimmel blicken. Draußen fegte ein Schneesturm heran, der heulend durch die Grachten tobte. Ben wälzte sich hin und her. Schlafen konnte er nicht, gnädigerweise glitt er nach einiger Zeit wenigstens in eine Art Dämmerzustand.

Aus dem wurde er jedoch nach kurzer Zeit durch ein störendes Geräusch herausgerissen. Zuerst vermutete er, es sei der Sturm. Aber dann merkte er, dass jemand laut an die Ladentür hämmerte. Wahrscheinlich ein Betrunkener. Er versuchte, es zu ignorieren, aber das Klopfen hörte nicht auf. Das war wirklich eine Frechheit, Schlafen war Menschenrecht! Er eilte nach unten. Wer immer da herumlärmte, würde etwas zu hören bekommen! Er ging durch den dunklen Spielzeugladen zur Tür und öffnete sie.

Dort stand Nintje.

Mit ernstem Gesicht.

Mit ihr hatte er als Allerletztes gerechnet.

Sie schauten sich stumm in die Augen.

Dann kam sie herein, und sie küssten sich.

In Friedrichstadt sah man in dieser Nacht nur ein schwaches Licht: das im gut geheizten Zimmer über dem Spielzeugladen. Schließlich legte sich Sturmgeheul über alles.

22

Fünf Monate später, am 1. Mai.

Die Sonne trieb das Thermometer auf über zwanzig Grad. Die Bäume in Friedrichstadt waren grün, das Wasser gluckste in den Grachten und Kanälen, die Vögel zirpten, alles blühte. Ben hatte sämtliches Spielzeug aus dem Laden geräumt, wie es sein Onkel Hein um diese Zeit getan hatte, wenn er Inventur machte. Am Ufer der Treene lagen Blechautos, Holztiere, die Giraffe saß auf ihrem Hochrad und schaute über den Fluss in die Weite. Er war erstaunt, wie viel zusammengekommen war.

Thies Martens hatte seinen Rollstuhl vor einem offenen Fenster geparkt, in das Ben das alte Röhrenradio gestellt hatte. Gerade spielten sie auf einem unbekannten Sender Tangomusik. Thies trommelte den Takt mit dem Zeigefinger auf der Armlehne mit.

Ben war im Spielzeugladen geblieben und nicht nach Singapur gegangen, er hatte gar nicht anders gekonnt. Nachdem er all seine Ersparnisse ins Haus gebuttert hatte, kam er finanziell auf plus / minus null. Nebenbei hatte er einen kleinen Internetversand für Spielzeug eröffnet, das er zum Teil selber anfertigte. Es lief gut. Was er einnahm, machte ihn nicht reich, genügte aber zum Leben. «Finanzminister» Beucker war nach Augsburg gewechselt, sein Nachfolger war begeisterter Spielzeugliebhaber und stand auf Bens Seite.

Am Abend setzte sich Ben mit Nintje auf Onkel Heins Bank vor dem Haus, legte seinen Arm um ihre Schulter und blickte mit ihr auf die Treene. Der Fluss sah aus wie ein großer Spiegel, in dem man den Himmel sah. Fiete hatte sich vor ihren Füßen zusammengerollt. Nintje und er wohnten seit Neujahr zusammen in der kleinen Wohnung über dem Spielzeugladen. Sie wussten, dass sie die Richtigen füreinander waren. Anneke besuchte sie häufig, umgekehrt waren sie oft auf Föhr. Zu ihren Füßen lag ihr neuestes Projekt, ein kleines Boot, das sie aus Binsen flochten, ein sogenanntes Bobbelboot. Thies, der ehemalige Bürgermeister, hatte als Junge unzählige davon gebaut und gab ihnen gute Tipps. Nintje und Ben planten, damit die Treene bis kurz vor Flensburg hinunterzufahren.

«Hast du auch das Gefühl, dass Hein immer dabei ist?», fragte Ben.

«Ich habe das Gefühl, er lächelt die ganze Zeit», antwortete sie.

«Trotzdem fehlt er mir.»

«Mir auch. Aber hier lebe ich mit ihm weiter. Er ist nicht weg.»

Zwei Wochen zuvor waren sie mit einem Ausflugsboot frühmorgens auf den Fluss vor Onkel Heins Tür geschippert. Die Sonne ging gerade auf, leichter Nebel stieg aus dem Wasser. Am Himmel legte sich ein dicker lila Wolkenwal quer und verdeckte für kurze Zeit den Blick auf den Horizont.

Bens Eltern waren gekommen, sie hatten endlich Anneke kennengelernt. Auch sie hatten nichts davon geahnt, dass Onkel Hein eine Tochter hatte, und freuten sich sehr, ihre Bekanntschaft zu machen. Neben ihnen vieren waren Pastor Martin van Bommels und ein paar andere mit an Bord des Ausflugsschiffs gewesen. Alle waren bunt gekleidet wie zu einer Sommerparty, so hatte es sich Onkel Hein gewünscht.

Von der Anlegestelle fuhren sie langsam auf die Treene hinaus und ankerten direkt vor dem Spielzeugladen. Es war still um diese frühe Stunde. Aber keinesfalls leer. Am Ufer standen an die zweihundert Friedrichstädterinnen und Friedrichstädter, die stumm zuschauten, wie sie auf der Treene vor Anker gingen. Es hatte sich nicht geheim halten lassen. Die Männer am Ufer nahmen respektvoll ihre Mützen ab.

Als die Maschine der «MS Friedrichstadt» heruntergefahren wurde, hatte Ben das Gefühl, sogar die Vögel hielten den Atem an. Nintje hatte eine beeindruckende Rede gehalten, bei der viel gelacht und geweint wurde. Dass Onkel Hein persönlich daran mitgeschrieben hatte, merkte man.

Anschließend wurde die Urne aus dem Spielzeugladen auf einen kleinen Kran gehängt und außenbords geschwenkt.

«Wir verabschieden uns in Dankbarkeit von Heinrich Justus Stein», sagte Nintje. «Möge seine Seele in Frieden ruhen. Und wenn wir am Wasser sind, wo auch immer auf diesem Planeten, werden wir spüren, dass du bei uns bist. So auch jetzt, Onkel Hein – du bist woanders, aber nicht weg.»

Ben spielte auf der Trompete eines seiner Lieblingsstücke, «Wonderful World» von Louis Armstrong. Anschließend schlug der Kapitän an der Schiffsglocke acht Glasen, und die Urne wurde in der Treene versenkt. Hein wurde eins mit dem Wasser, das irgendwann in die Wolken stieg, er war im Meer, auf Seen und Flüssen, im Nebel, im Regen und Schnee.

Jeden Morgen ging Ben ans Wasser vor dem Spielzeugladen und begrüßte in Gedanken Onkel Hein. Anneke tat auf Föhr dasselbe.

Epilog

Blieb die Frage nach dem Zauberer.

Die beantwortete sich erst, nachdem sie ein halbes Jahr im kleinen Haus von Onkel Hein gewohnt hatten. Der Zauberer hing neben dem Eingang des Spielzeugladens. Ben war er vertrauter als viele Menschen, er konnte ihn aber nicht erkennen. Dazu hätte er in den Spiegel schauen müssen.

In den Papierbergen der Werkstatt fand Nintje zufällig einen Brief, den Onkel Hein an Ben adressiert hatte. Ben traute sich kaum, ihn zu lesen, deswegen las Nintje ihn mit ihrer angenehmen Stimme vor.

Mein lieber Ben,

ich vermute doch sehr, dass Du Heiligabend in Friedrichstadt und nicht in Singapur verbracht hast. Wenn ich richtigliege, hast Du es gut gemacht, es gibt keinen schöneren Ort für das Weihnachtsfest!
Ja, Du bist der Zauberer.
Schau ihn Dir an: Er wirkt von der einen Seite amüsiert, von der anderen melancholisch. Ben, Du warst ein Junge, der im Inneren immer daran glaubte, dass er an der

richtigen Stelle ankommt. Dein Grundvertrauen ins Leben konnte Dir eigentlich niemand nehmen.
Doch dieser wunderbare Glaube wurde am verfluchten Heiligabend in der Frankfurter Kirche erschüttert. Das soll die melancholische Seite zeigen. Wie gerne hätte ich Dir Scham und Schmerz genommen, damals habe ich so mit Dir gelitten! Es gibt nur einen Weg da raus: Du musst noch einmal an den Punkt zurückgehen, der so wehgetan hat, Dich dort um hundertachtzig Grad drehen und dann beherzt vorwärtsgehen. Deshalb habe ich Dir die Trompete zukommen lassen. Ich weiß, dass das etwas aufdringlich wirken kann. Mein Rat ist trotzdem: Spiele sie, und sei es nur ein paarmal. Wo immer ich gerade bin, freue ich mich über jeden Ton, versprochen (selbst wenn es quietscht)!
Ich werde Dir übrigens nicht verraten, warum Du der Zauberer bist. Wenn es Dir bewusst wird, ist der Zauber nämlich weg. Nur so viel möchte ich sagen: Du kannst bei anderen Menschen sehr viel in Gang setzen. Wo wir gerade dabei sind – willst Du nicht den Spielzeugladen weiterführen? Überlege es Dir – wenigstens für ein paar Minuten!
Abschließend eine kleine Warnung von Deinem alten Onkel, sorry, das muss sein: Eine ziemlich blöde Angelegenheit im Leben wird auch Dich erwischen, vor der kannst Du nicht weglaufen. Bis Mitte dreißig habe ich gedacht, nur die anderen werden älter. Dann sagte eine Ärztin nach einem Routinecheck zu mir: «Ihr Herz ist in Ordnung – für einen Mann Ihres Alters.»
Ich war schockiert!
Man muss sich wegen des Älterwerdens aber auch nicht verrückt machen, ich sage nur: Take care!
Mein lieber Ben, ich habe mich immer nach meiner Familie

gesehnt, es aber nicht oft hinbekommen, mich zu melden. Trotzdem habe ich mich riesig gefreut, wenn ich gehört habe, dass Du Deine Jobs mit einer gewissen Lässigkeit genommen hast. Das hat mich beruhigt und inspiriert!
Zaubere Dich weiter durchs Leben, denn es ist wunderschön! Gerade Du empfindest instinktiv die guten Seiten, egal was andere reden. Das ist eine große Gabe.
Was mich betrifft, muss ich zugeben, bin ich nicht halb so weise, wie ich hier gerade tue: Auch im hohen Alter von siebenundachtzig gehe ich nicht gerne, denk das bloß nicht! Ich bin auch nicht in Frieden entschlafen oder so etwas. Ich wäre gerne in Frieden geblieben, das ist die Wahrheit! Aber, mein lieber Ben, wenn Du gehen musst, kannst Du nichts dagegen machen. Mein einziger Trost ist, dass Ihr auf meiner Beisetzung geweint habt – wehe nicht!

Dein Dich liebender Onkel Hein

PS: War Nintjes Trauerrede nicht faszinierend? Aber glaube ihr nicht jedes Wort, so gut, wie sie behauptet, war ich nie. ☺

Danke

An Karen und Bernd Schweitzer aus Friedrichstadt, die mir mit viel Material und Informationen über Friedrichstadt auf grandiose Weise geholfen haben.

An alle im Rowohlt Verlag für die Unterstützung, Katharina Schlott, Katharina Dornhöfer, Marcus Gärtner, Katrin Seele, Anne-Claire Kühne, Lisa-Marie Paesike, Josefine von Eisenhart und alle im wunderbaren Rowohlt-Vertrieb, das war wieder eine tolle Zusammenarbeit!

An meinen langjährigen Agenten und Komplizen Dirk Meynecke, meine PR-Agentinnen Britta Peddinghaus von talent-x-change und Julia Weber von Musiktransfair.

Sabine Kaack, meine kongeniale Hörbuchsprecherin und wunderbare Bühnenpartnerin op Platt und auf Hochdeutsch.

Meinem langjährigen Freund und Kollegen Hendrik Berg.

Und *last but not least* meinem Freund Jürgen «Bubu» von der Insel Föhr.

Weitere Titel

Das Inselweihnachtswunder

Die Insel tanzt

Die Weihnachtsliste

Friesensommer

Mein wunderbarer Küstenchor

Seeluft macht glücklich

Urlaub mit Punkt Punkt Punkt

Zwischen den Bäumen das Meer

Die Inselbuchhandlung-Reihe

Die kleine Inselbuchhandlung

Die Bücherinsel

Wiedersehen in der kleinen Inselbuchhandlung

Die kleine Friesencafé-Reihe

Das kleine Friesencafé

Ein Fest im kleinen Friesencafé

Inselhochzeit im kleinen Friesencafé

Frühlingsgefühle im kleinen Friesencafé

Die Oma-Imke-Reihe

Oma ihr klein Häuschen

Ein Strandkorb für Oma

Oma dreht auf

Omas Erdbeerparadies

Omas Inselweihnacht

Janne Mommsen
Das Inselweihnachtswunder

192 Seiten

Die junge Inselpastorin Carola leitet im Friesendom die Chorprobe für Heiligabend. Alle sind voller Vorfreude aufs Fest, nur sie nicht. Nach der Christmette wird sie wieder alleine in ihrem kleinen Reetdachhaus sitzen.
Noch ist aber Vorweihnachtszeit, und es gibt eine Menge zu tun: Als Carola auf der gegenüberliegenden Hallig Langeneß eine Andacht hält, bittet der sympathische Organist Torin sie um einen Gefallen: Seiner Großmutter geht es gesundheitlich so schlecht, dass sie Weihnachten wahrscheinlich nicht erleben wird. Ob Carola mit der Familie den Heiligabend vorziehen könne?
Kurz vor Weihnachten überschlagen sich die Ereignisse. Ein Geldkoffer mit mehreren tausend Euro wird an Land gespült, ein anonymer Wohltäter sorgt für ein Weihnachtswunder, und die Möglichkeit eines Single-Heiligabends in der kleinen Inselbuchhandlung zeichnet sich ab. Ob dort vielleicht auch ihr ganz persönliches Weihnachtswunder auf Carola wartet?